ÉTONNANTS • CLASSIQUES

Le crime n'est jamais parfait

Nouvelles policières 1

Présentation, chronologie, notes et dossier par
YVELINE BEAUP,
professeur de lettres

Flammarion

Le genre policier
dans la collection « Étonnants Classiques »

ASIMOV, *Le Club des Veufs noirs*
Le crime n'est jamais parfait. Nouvelles policières 1
DOYLE, *Le Dernier Problème. La Maison vide*
Trois Aventures de Sherlock Holmes
LEROUX, *Le Mystère de la chambre jaune*
Le Parfum de la dame en noir
Noire série... Nouvelles policières 2
POE, *Double Assassinat dans la rue Morgue. La Lettre volée*
WESTLAKE (Donald), *Le Couperet*

Édition revue, 2015.
ISBN : 978-2-0813-6643-5
ISSN : 1269-8822

SOMMAIRE

Le crime n'est jamais parfait

Nouvelles policières 1

PRÉSENTATION

Le détective : un héros invincible

Un profil type

Le détective est un héros qui relève un défi. Confronté au crime, au mal, il doit rétablir la vérité, rendre justice, sans craindre le danger. Selon le contexte historique, sa personnalité se modifie, mais une des données constitutives du personnage demeure son intelligence des faits : il exerce des qualités de réflexion et d'intuition qui lui permettent d'aller au-delà des apparences.

Sa méthode est l'enquête, l'investigation, aussi bien matérielle que psychologique. La forme dynamique de cette enquête est la filature, dans laquelle le détective montre son agilité physique et intellectuelle. Il possède un don d'observation exceptionnel et ne tient rien pour acquis. Il résout vite et efficacement les énigmes, en relevant des indices qui, sans lui, seraient passés inaperçus. Son imagination et sa perspicacité lui confèrent des capacités hors du commun.

Sa personnalité fascine le lecteur : c'est celle d'un chasseur qui guette sa proie, d'un limier qui flaire les bonnes pistes et brouille les mauvaises. Son allure élégante ou sportive le distingue des autres. Non violent, il est doué d'une grande humanité. Puissant, audacieux, habile, il se joue des contraintes matérielles.

Son passé, son histoire personnelle lui confèrent l'épaisseur du vécu. Le lecteur apprend peu à peu à connaître l'homme qui se cache derrière le détective. Au fil de ses aventures, qui donnent souvent lieu à de nombreux ouvrages dont il est le personnage récurrent, le lecteur se familiarise avec ses tics ou ses manies. Qu'il soit reporter, policier ou bandit, le détective-justicier demeure un personnage éminemment positif.

En effet, sa mission est de restaurer l'ordre contre la menace. Confronté à une action malfaisante, le détective est là pour rétablir le bien, guidé par la vérité. Il élabore une stratégie pour lutter contre l'injustice. Il tient le rôle du redresseur de torts et neutralise l'agresseur.

Personnage principal du récit, il en détermine le genre et la structure. Son arrivée met en mouvement l'intrigue. C'est le héros auquel le lecteur s'identifie. Au cinéma, il est souvent incarné par des acteurs célèbres (Robert Mitchum, Humphrey Bogart, Jean Gabin).

Enfin, sa science du raisonnement et son flair le rendent infaillible et invincible ; il est au-dessus de la mêlée, comme un demi-dieu moderne. « Invulnérable comme Achille, audacieux comme Hercule, on célèbre son culte dans le temple du roman policier [1]. »

Une galerie de portraits

Les ancêtres

Le personnage du détective a d'illustres ancêtres littéraires : Œdipe, dans la tragédie de Sophocle, est à la fois assassin et

1. Paul Morand, Préface à *Lord Peter devant le cadavre* (D. Sayers), Librairie des Champs-Élysées, 1934, p. 5.

enquêteur ; le Zadig de Voltaire (1747) est un enquêteur amateur, capable d'identifier des êtres et de retracer des événements qu'il n'a jamais vus. De 1734 à 1743, Gayot de Pitaval publie vingt volumes de *Causes célèbres et intéressantes* du monde judiciaire. Au XIXe siècle, les récits de crimes ou de police sont très en vogue. Les héros qui recherchent la vérité ou la justice sont souvent de sympathiques hors-la-loi, comme le comte de Monte-Cristo (Dumas) ou Rocambole (Ponson du Terrail). Les *Mémoires* de Vidocq (1828), un bandit reconverti en chef de la Sûreté, inspireront Balzac – le personnage de Vautrin dans *Une ténébreuse affaire* en 1841 – et Edgar Poe.

Le prototype du détective reste le chevalier-détective Dupin, créé par Edgar Allan Poe dans ses *Histoires extraordinaires*. En 1841, il mène l'enquête sur le « double assassinat de la rue Morgue [1] » et sur le « mystère de Marie Roger », qu'il résout grâce à un raisonnement brillant. C'est un Français pauvre, doué d'une « intelligence surexcitée », d'une « aptitude analytique particulière [2] ». Il n'émeut pas le lecteur, mais le fascine par ses qualités cérébrales : ses facultés mathématiques et logiques l'emportent sur la balourdise de la police.

En 1866, Émile Gaboriau crée à son tour un jeune policier, M. Lecoq, bien éduqué, civilisé. Dans *Le Petit Vieux des Batignolles* (notamment), il mène l'enquête de façon logique et scientifique.

Les grands modèles

Le plus célèbre des détectives naît en 1887 en Grande-Bretagne dans *Une étude en rouge* de Conan Doyle. Il s'agit de Sherlock Holmes. En France, le héros Arsène Lupin, à la fois

1. E.A. Poe, *Double Assassinat dans la rue Morgue*, GF-Flammarion, « Étonnants classiques » n° 45, 2006.
2. Paul Morand, *op. cit*, p. 33 et 34.

cambrioleur et redresseur de torts, est créé par Maurice Leblanc en 1907.

Entre les deux guerres, le genre du policier dit « à énigme » (par rapport au roman noir postérieur) s'épanouit. Les figures centrales en sont le père Brown de G.K. Chesterton et Hercule Poirot, créé par Agatha Christie.

À partir des années 1930, une flopée de détectives fleurit aux États-Unis, en Angleterre ou en France, comme Nick Carter, Ellery Queen, Perry Mason, Sam Spade, Charlie Chan, Philo Vance, Lemmy Caution ou Callaghan. Deux éminents personnages sont créés par des auteurs belges : le commissaire Maigret (Simenon) et l'inspecteur Wens (Steeman).

Un personnage en évolution

Un aventurier moderne

Notre héros tire son savoir de l'expérience. On n'apprend pas à devenir détective à l'école. Et il ne s'agit pas davantage d'un métier : résoudre des énigmes est presque toujours le passe-temps d'un homme qui n'a pas besoin de travailler pour vivre. Le détective est généralement un dandy cultivé, sans famille le plus souvent, qui possède des connaissances approfondies dans des domaines comme les sciences et la médecine. Il conserve quelques traits du héros romantique : la nostalgie du passé, le goût de l'aventure, la fascination pour la nuit et le mystère. Mais il représente surtout la modernité de la fin du XIXe siècle : il est influencé par le courant naturaliste, la pensée scientifique, le goût pour la physiologie. Il reflète également l'esprit du public de l'époque, que le développement de la presse et de l'urbanisme rend friand de témoignages, de faits divers issus de la réalité quotidienne.

Détective contre policier

Le détective s'oppose à la police, qui n'est pas encore très organisée. En France, le premier chef de la Sûreté fut Vidocq, en 1809, qui offrit ses services à Napoléon après sa sortie de prison ; en Angleterre, Scotland Yard fut créé en 1829 et restructuré en 1890. La police fait son devoir, mais au sein d'un univers routinier hiérarchisé, à mille lieues de la liberté dont bénéficie le détective. De plus, elle manque d'imagination, accumule les faits sans en tirer de conclusion efficace et exécute un travail qui n'aboutirait à rien sans l'aide du détective. Dans les récits, les personnages policiers sont purement fonctionnels ou caricaturaux : ils apparaissent bornés et impuissants en face de l'amateur génial, sympathique et désintéressé à qui ils servent de faire-valoir (pensons au couple Lupin/Ganimard, par exemple). Sur le plan narratif, la police s'interpose entre le criminel et le lecteur pour aider ce dernier à trouver la vérité ; elle pose les questions qui désorientent le lecteur.

Le détective-policier

Après la Première Guerre mondiale, dans un monde en mutation, le détective – qui incarne l'ordre – peut être un policier, ce qui est le cas de l'inspecteur Wens ou du commissaire Maigret. Ce dernier est issu de la petite bourgeoisie et s'intéresse pour mener son enquête aussi bien aux indices matériels (affinés grâce aux techniques modernes comme la balistique[1]) qu'à la psychologie des personnages issus des milieux variés qu'il côtoie. Il devient un

1. *Balistique* : science qui étudie les projectiles.

héros de roman plus humain, une sorte de moraliste de la société moderne.

Le « privé » solitaire

Venu des États-Unis où il est incarné par Philip Marlowe, le héros de Chandler, apparaît bientôt le personnage du « privé » solitaire, qui travaille pour son propre compte et se fait payer par les clients qu'il aide à résoudre des énigmes. C'est ainsi que naît en France, sous la plume de Léo Malet, le personnage de Nestor Burma. Souvent plein de compassion pour la victime, c'est un homme d'action, un vengeur désenchanté, débrouillard, qui évolue dans un monde urbain souvent malfamé. Il est plus sentimental que ses prédécesseurs.

Au cœur de l'intrigue

« Mettre le mystère K.O. [1] »

Le roman policier a pour thème le crime et son explication. Boileau et Narcejac, qui en écrivirent ensemble plus d'une centaine, le définissent ainsi : « Le roman policier est une enquête qui a pour but d'élucider un certain mystère [...] en apparence incompréhensible [2]. »

Dans la plupart des cas, le récit commence juste avant ou juste après un crime ; de nombreuses personnes sont soupçonnées

1. Telle est la devise de Nestor Burma, le héros de Léo Malet.

2. Boileau et Narcejac, *Le Roman policier d'Edgar Poe à la série noire*, Laffont, « Bouquins », t. II, p. 1123.

parmi lesquelles ne figure pas toujours l'assassin, démasqué et arrêté dans les dernières pages grâce au détective.

Le roman policier, contrairement aux relations d'affaires criminelles, comme les dossiers de Scotland Yard, les gazettes des tribunaux ou les recueils de causes célèbres, est une fiction. Mais celle-ci est très codifiée : un problème mathématique rigoureux, une enquête et sa résolution. D'après Steeman, « le récit policier relève de l'algèbre, de l'architecture, de la mécanique, et de la logique en même temps que de l'imagination [1] ». Selon Maurice Leblanc, « le roman policier [...] est une construction en l'air. C'est un problème que l'on combine soi-même, que l'on complique jusqu'à l'extrême limite et que l'on résout devant le public en lui disant sans cesse : "Est-ce assez étrange ? Faut-il que mon détective soit ingénieux pour démêler un tel écheveau [2] !" » Quant à Chesterton, voici sa définition : « Le roman policier est un roman de mystère étrange dans son apparence mais élémentaire dans sa conception [3]. »

La méthode

L'écriture du roman policier implique deux techniques. La première consiste à écrire l'histoire à rebours. L'auteur connaît le coupable du crime avant d'écrire, et invente la solution en même temps que le mystère. L'enquête est donc un simulacre, tout est écrit d'avance ; la progression narrative est une marche à reculons. Ensuite, le détective découvre les indices semés par l'auteur : sa démonstration est l'envers du travail de conception

---

1. S.A. Steeman, « Contribution à l'analyse du roman policier », parue en 1931 dans *La Nation belge*, citée in A.P. Duchâteau et S.A. Steeman, *L'écrivain habite au 21*, Quorum Ottignies, 1998, p. 48-51.
2. M. Leblanc, *À propos de Conan Doyle*, Laffont, « Bouquins », 1995, t. I, p. 1079.
3. G.K. Chesterton, « À propos du roman policier », in F. Lacassin, *Mythologie du roman policier*, Christian Bourgois, 1993, p. 172.

de l'écrivain. Il remonte l'ordre chronologique des effets à la cause. Ainsi Maurice Leblanc écrit-il à propos des enquêtes de Conan Doyle : « [Conan Doyle] part du point d'arrivée qu'il a choisi lui-même ; il rebrousse chemin en semant ses passages de pièges ou embrouille les pistes. Arrivé au point de départ, il confie le lecteur à Sherlock Holmes[1]. »

D'autre part, l'intrigue est rigoureusement circonscrite. L'enquête doit suivre une logique précise, qui a été traduite sous forme de règles[2] par certains auteurs. Le narrateur notamment doit semer des indices qui puissent permettre au lecteur de découvrir le coupable. Ainsi, aucun acte n'est gratuit : tous les coups ont un sens. Comme aux échecs, tous les pions ont un rôle à jouer, et comme dans un puzzle, chaque fragment de l'enquête retrouve à la fin sa place dans l'ensemble recomposé. L'énigme est résolue lorsque tous les indices sont explicités.

Un scénario immuable

Dans l'exposition, l'auteur soumet les données du crime au lecteur. Puis l'enquête commence par des soupçons qui peuvent conduire à de fausses pistes. Enfin, le détective entre en scène, raisonne à partir des hypothèses, corrige les erreurs grâce à son art de la déduction. Il dépasse les fausses apparences pour atteindre la solution. La découverte des preuves est méthodique et graduelle. Lors du dénouement, le crime est reconstitué, les

1. M. Leblanc, *À propos de Conan Doyle*, *op. cit.*, p. 1079.
2. S.S. Van Dine (1888-1939) énonce des règles précises : le lecteur et le détective doivent avoir des chances égales de résoudre le problème. Le roman policier ne doit pas comporter d'intrigue amoureuse. On doit déterminer l'identité du coupable par une série de déductions, non par accident, par hasard ou grâce à une confession volontaire. Pas de roman policier sans cadavre. Un seul véritable détective par roman… un seul coupable aussi, etc.

coupables punis, et le lecteur se trouve en possession de toutes les clefs.

Le récit doit ménager le suspense et tenir le lecteur en haleine. L'auteur suspend donc l'écoulement du temps afin de retarder une révélation décisive... pour le plus grand plaisir du lecteur. Les rapports qu'entretient l'auteur avec son lecteur restent cependant ambigus : en effet, tout en présentant le récit de telle sorte que le lecteur puisse théoriquement découvrir la solution, il s'arrange en même temps pour le duper et l'égarer, car seul le détective doit parvenir à déchiffrer correctement les signes qui permettront de résoudre l'énigme.

La nouvelle policière

L'unité d'action

C'est une caractéristique essentielle des récits policiers, qui les distingue notamment des romans d'aventures. Le lecteur ne doit pas être distrait. La concision du texte permet la perfection de la mécanique du récit. C'est pourquoi la forme de la nouvelle convient particulièrement au genre policier, comme l'explique Chesterton : « Je trouve que le mieux est que le premier chapitre soit aussi le dernier[1]. »

Dans la nouvelle, les personnages, en nombre restreint, sont rapidement caractérisés : un coupable, une victime, un ou deux suspects, un enquêteur. Dès les premières pages, l'auteur capte l'attention du lecteur, plongé d'emblée dans l'univers du crime ; l'exposition est claire et concentrée. Le dénouement est souvent

1. G.K. Chesterton, « À propos du roman policier », *op. cit.*

surprenant ; la « chute » est un élément important dans l'économie du récit.

La nouvelle policière propose une concentration du temps et du lieu. Le récit se déroule dans un laps de temps court, sur quelques jours, dans un lieu chargé d'une forte atmosphère, souvent clos, qui peut se transformer en piège. D'autre part, le genre de la nouvelle possède certaines des caractéristiques du cinéma : concentration, effets d'ellipse ou de flash-back. Enfin, le titre suggestif, les dialogues et le style souvent humoristique de la nouvelle s'accordent bien avec les jeux de l'esprit que sont les récits à énigmes.

Très appréciée au XIXe siècle, notamment par des écrivains tels que Stevenson, Poe, Hoffmann, Gogol ou Maupassant, la forme de la nouvelle a été employée par tous les grands auteurs de littérature policière.

CHRONOLOGIE

1841 1941

Le roman à énigme : des débuts à l'âge d'or

Les précurseurs

Edgar Allan Poe (1809-1849)

En 1841, l'auteur américain signe *Double Assassinat dans la rue Morgue*, récit policier qui met en scène **Dupin**, détective français aux raisonnements infaillibles.

Émile Gaboriau (1832-1873)

Il publie *L'Affaire Lerouge* en 1866 : l'enquête est menée par **Tabaret**, un détective amateur directement inspiré de Dupin.
Dans *Le Crime d'Orcival* (1867) et *Monsieur Lecoq* (1868), l'enquête est confiée au policier **Lecoq**, dont les méthodes seront imitées par Sherlock Holmes.

Les pères fondateurs

Arthur Conan Doyle (1859-1930)

En 1887, l'auteur britannique fait paraître *Une étude en rouge*, pour laquelle il invente **Sherlock Holmes**.
De ce détective Doyle fait son héros. Il en narre les aventures de 1887 à 1927. Parmi celles-ci : *Le Chien des Baskerville* (1902), *Le Retour de Sherlock Holmes* (1905) et *Les Archives de Sherlock Holmes* (1927). (Voir p. 49)

Gilbert Keith Chesterton (1874-1936)

Ce romancier et essayiste britannique publie *La Clairvoyance du père Brown* en 1911.
Le père Brown, prêtre-détective, sera le héros de nombreuses nouvelles policières réunies dans cinq recueils, parmi lesquels *La Sagesse du père Brown* (1922) et *Le Scandale du père Brown* (1935). (Voir p. 77)

La belle époque du crime

Maurice Leblanc (1864-1941)

En 1907, il publie ***Arsène Lupin,*** *gentleman cambrioleur*. Il imagine ensuite d'autres aventures pour ce séduisant voleur multirécidiviste, notamment *Arsène Lupin contre Herlock Sholmes* (1908), *L'Aiguille creuse* (1909) et *L'Île aux trente cercueils* (1920). (Voir p. 19)

Gaston Leroux (1868-1927)

Avec *Le Mystère de la chambre jaune* qui paraît en 1907, il inaugure le cycle des « **Rouletabille** », du nom du héros, journaliste-détective amateur.

L'âge d'or du roman policier

S.S. Van Dine (1888-1939)

L'Américain W.H. Wright signe de ce pseudonyme les aventures de son détective **Philo Vance** (expert en égyptologie et en peinture), parmi lesquelles figurent *La Mystérieuse Affaire Benson* (1923) et *L'Assassinat du Canari* (1927). En 1928, il rédige « Vingt règles pour le crime d'auteur ». Cet article paru dans l'*American Magazine* est une tentative de codification du roman policier.

Agatha Christie (1890-1976)

En 1920, dans la lignée de ses prédécesseurs britanniques, elle écrit *La Mystérieuse Affaire de styles*, confiant l'enquête au détective belge **Hercule Poirot**. Personnage récurrent de ses récits, Hercule Poirot figure également dans *Le Meurtre de Roger Ackroyd* (1926) et *Le Crime de l'Orient-Express* (1936). Il est bientôt concurrencé par un autre fameux détective, **miss Marple**, laquelle apparaît pour la première fois dans *L'Affaire Protheroe*. (Voir p. 129)

Dorothy Leigh Sayers (1893-1957)

En 1923, dans *Lord Peter et l'inconnu*, cet auteur britannique imagine le personnage de **lord Peter Wimsey** : il mènera l'enquête dans plusieurs de ses récits.

Ellery Queen

En 1929 paraît *Le Mystère romain*. Sous la plume d'Ellery Queen se cachent deux Américains – F. Dannay (1905-1982) et M.B. Lee (1905-1971). Dans les romans qu'ils écrivent – environ cent trente –, **Ellery Queen** raconte à la troisième personne ses propres exploits de limier. En 1941, le tandem fondera la revue *Ellery Queen Mystery Magazine* qui révélera de nombreux auteurs.

Le renouveau des auteurs francophones

Pierre Véry (1900-1960)

Ses romans concilient souvent intrigue policière et merveilleux. Il confie plusieurs enquêtes à son personnage, l'avocat **Prosper Lepicq**. Ainsi en est-il dans *Meurtre au quai des Orfèvres* (1934) et *Le Gentleman des antipodes* (1936).

Georges Simenon (1903-1989) Il écrit *Pietr le Letton* en 1929, qui inaugure le cycle des « **Maigret** ». (Voir p. 130)
Parmi les cent deux aventures de ce commissaire figurent *Le Chien jaune* (1931) et *Maigret et l'inspecteur Malgracieux* (1974).

Stanislas A. Steeman (1908-1970) Son récit *Six Hommes morts* (1931) met en scène le détective **Wens**, ancien policier qui s'est installé à son compte. On retrouve ce personnage notamment dans *L'assassin habite au 21* (1939). (Voir p. 111)

Naissance du roman noir

Raymond T. Chandler (1888-1959) Romancier américain, Chandler campe ses récits dans un univers réaliste, décrit avec humour. Le personnage qu'il crée, **Philip Marlowe** (voir p. 129), apparaît dans sept romans, parmi lesquels *Le Grand Sommeil* (1939) et *Adieu ma jolie* (1940).

Erie Stanley Gardner (1889-1970) Américain comme son prédécesseur, cet ancien avocat fait paraître *Sur la corde raide* en 1933 : celui qui mène l'enquête est le célèbre avocat **Perry Mason**.

Samuel D. Hammett (1894-1961) En 1930, cet auteur américain imagine *Le Faucon maltais*, dont le héros est le détective **Sam Spade**. (Voir p. 129)

John Dickson Carr (1906-1977) Probablement le plus anglais des auteurs américains, il écrit *La Chambre ardente* en 1937, confiant l'enquête au **Dr Fell**, un personnage que l'on retrouve notamment dans *Le Naufragé du Titanic* (1938) et *Suicide à l'écossaise* (1941).

L'Écharpe de soie rouge

(Maurice Leblanc, 1864-1941)

Arsène Lupin

Maurice Leblanc a créé un délinquant littéraire : Arsène Lupin est un bandit d'exception, plein de grandeur d'âme. À sa manière, il respecte l'ordre et défend les victimes. Ce « repris de justice épris de justice » suit une morale : la sienne. Il commence par vouloir venger la condition misérable de sa pauvre mère, parente pauvre des Dreux-Soubise et réduite par eux au rang de domestique. Cette situation humiliante est à l'origine de sa haine de l'aristocratie, dont il est pourtant issu. Il concilie la morale et l'illégalité en vertu du principe de redistribution des richesses. Ainsi, il désobéit à la loi commune pour rétablir la justice.

Ambitieux, mais aussi noble et généreux, Arsène Lupin incarne le hors-la-loi sympathique, se moquant du grand monde et ridiculisant la police.

Son physique ? Nul ne le connaît vraiment car il se travestit sans cesse et troque une identité pour une autre. Mais il est souvent élégant, adroit, souple et endurant.

La méthode lupinesque est un mélange d'intelligence et de technique. Comme les autres détectives, il emploie la méthode déductive et se fonde sur des considérations scientifiques. Il mène ses enquêtes avec la précision d'un chirurgien : rapide, efficace, il fait en sorte d'intervenir pour empêcher ce qui ne doit pas être. Il agit souvent seul, avec l'inspecteur Ganimard à ses trousses, mais il peut aussi aider la police.

Arsène Lupin a pour créateur et historiographe Maurice Leblanc. Celui-ci, provincial de milieu bourgeois, a fait ses études à Rouen. Monté à Paris, il collabore à différents journaux puis il publie ses premiers romans et nouvelles. Sa carrière d'écrivain débute avec la parution dans le magazine *Je sais tout* d'une nouvelle policière : *L'Arrestation d'Arsène Lupin*. Formé à l'école de Maupassant, ayant pour confrères Jules Renard et Alphonse Daudet, influencé par Poe, Leblanc déploie son art du coup de théâtre, sa virtuosité dans la manière d'inverser les valeurs admises, de manier l'hyperbole et l'ironie. Après la parution des premières aventures de Lupin, il fut sacré « Conan Doyle français ».

Multipliant les exploits, Lupin triomphe jusqu'en 1913, date à laquelle il organise son suicide. Mais il réapparaîtra de 1920 à 1941.

Entré dans la légende (au point qu'on cherche à savoir s'il a réellement existé), Lupin a dépassé la notoriété de son créateur. Ce dernier, comme Doyle, ambitionna de faire œuvre littéraire et chercha à s'éloigner de Lupin. En vain : « Ce démon a pris ma plume [...]. Je suis devenu son ombre ; il me suit partout[1]. »

1. M. Leblanc, in F. Rivière, *Les Couleurs du noir*, éditions du Chêne, 1989, p. 37.

■ Smoking, haut-de-forme, monocle et pistolet : Lupin est un homme du monde et un aventurier.

L'Écharpe de soie rouge

(1911)

Ce matin-là, en sortant de chez lui, à l'heure ordinaire où il se rendait au Palais de justice, l'inspecteur principal Ganimard nota le manège assez curieux d'un individu qui marchait devant lui, le long de la rue Pergolèse.

Tous les cinquante ou soixante pas, cet homme, pauvrement vêtu, coiffé, bien qu'on fût en novembre, d'un chapeau de paille, se baissait, soit pour renouer les lacets de ses chaussures, soit pour ramasser sa canne, soit pour tout autre motif. Et, chaque fois, il tirait de sa poche, et déposait furtivement sur le bord même du trottoir, un petit morceau de peau d'orange.

Simple manie, sans doute, divertissement puéril [1] auquel personne n'eût prêté attention ; mais Ganimard était un de ces observateurs perspicaces [2] que rien ne laisse indifférents, et qui ne sont satisfaits que quand ils savent la raison secrète des choses.

Il se mit donc à suivre l'individu.

Or, au moment où celui-ci tournait à droite par l'avenue de la Grande-Armée, l'inspecteur le surprit qui échangeait des signes avec un gamin d'une douzaine d'années, lequel gamin longeait les maisons de gauche.

Vingt mètres plus loin, l'individu se baissa et releva le bas de son pantalon. Une pelure d'orange marqua son passage. À cet instant même, le gamin s'arrêta, et, à l'aide d'un morceau de

1. ***Puéril*** : enfantin.
2. ***Perspicaces*** : lucides, qui devinent et comprennent vite.

craie, traça sur la maison qu'il côtoyait une croix blanche, entourée d'un cercle.

Les deux personnages continuèrent leur promenade. Une minute après, nouvelle halte. L'inconnu ramassa une épingle et laissa tomber une peau d'orange, et aussitôt le gamin dessina sur le mur une seconde croix qu'il inscrivit également dans un cercle blanc.

« Sapristi, pensa l'inspecteur principal avec un grognement d'aise, voilà qui promet… Que diable peuvent comploter ces deux clients-là ? »

Les deux « clients » descendirent par l'avenue Friedland et par le faubourg Saint-Honoré, sans que, d'ailleurs, il se produisît un fait digne d'être retenu.

À intervalles presque réguliers, la double opération recommençait, pour ainsi dire mécaniquement. Cependant il était visible, d'une part, que l'homme aux pelures d'orange n'accomplissait sa besogne qu'après avoir choisi la maison qu'il fallait marquer, et, d'autre part, que le gamin ne marquait cette maison qu'après avoir observé le signal de son compagnon.

L'accord était donc certain, et la manœuvre surprise présentait un intérêt considérable aux yeux de l'inspecteur principal.

Place Beauvau, l'homme hésita. Puis, semblant se décider, il releva et rabattit deux fois le bas de son pantalon. Alors le gamin s'assit sur le bord du trottoir, en face du soldat qui montait la garde au ministère de l'Intérieur, et il marqua la pierre de deux petites croix et de deux cercles.

À hauteur de l'Élysée, même cérémonie. Seulement, sur le trottoir où cheminait le factionnaire [1] de la Présidence, il y eut trois signes au lieu de deux.

« Qu'est-ce que ça veut dire ? » murmura Ganimard, pâle d'émotion, et qui, malgré lui, pensait à son éternel ennemi

1. ***Factionnaire*** : homme en faction, qui monte la garde.

Lupin, comme il y pensait chaque fois que s'offrait une circonstance mystérieuse…

« Qu'est-ce que ça veut dire ? »

Pour un peu, il eût empoigné et interrogé les deux « clients ». Mais il était trop habile pour commettre une pareille bêtise. D'ailleurs, l'homme aux peaux d'orange avait allumé une cigarette, et le gamin, muni également d'un bout de cigarette, s'était approché de lui dans le but apparent de lui demander du feu.

Ils échangèrent quelques paroles. Rapidement, le gamin tendit à son compagnon un objet qui avait, du moins l'inspecteur le crut, la forme d'un revolver dans sa gaine. Ils se penchèrent ensemble sur cet objet, et six fois, l'homme tourné vers le mur porta la main à sa poche et fit un geste comme s'il eût chargé une arme.

Sitôt ce travail achevé, ils revinrent sur leurs pas, gagnèrent la rue de Surène, et l'inspecteur, qui les suivait d'aussi près que possible, au risque d'éveiller leur attention, les vit pénétrer sous le porche d'une vieille maison dont tous les volets étaient clos, sauf ceux du troisième et dernier étage.

Il s'élança derrière eux. À l'extrémité de la porte cochère, il avisa au fond d'une grande cour l'enseigne d'un peintre en bâtiment et, sur la gauche, la cage d'un escalier.

Il monta, et dès le premier étage, sa hâte fut d'autant plus grande qu'il entendit, tout en haut, un vacarme, comme des coups que l'on frappe.

Quand il arriva au dernier palier, la porte était ouverte. Il entra, prêta l'oreille une seconde, perçut le bruit d'une lutte, courut jusqu'à la chambre d'où ce bruit semblait venir, et resta sur le seuil fort essoufflé et très surpris de voir l'homme aux peaux d'orange et le gamin qui tapaient le parquet avec des chaises.

À ce moment, un troisième personnage sortit d'une pièce voisine. C'était un jeune homme de vingt-huit à trente ans, qui portait des favoris coupés court, des lunettes, un veston d'appartement fourré d'astrakan [1], et qui avait l'air d'un étranger, d'un Russe.

« Bonjour, Ganimard », dit-il.

Et s'adressant aux deux compagnons :

« Je vous remercie, mes amis, et tous mes compliments pour le résultat obtenu. Voici la récompense promise. »

Il leur donna un billet de cent francs, les poussa dehors, et referma sur lui les deux portes.

« Je te demande pardon, mon vieux, dit-il à Ganimard. J'avais besoin de te parler... un besoin urgent. »

Il lui offrit la main, et comme l'inspecteur restait abasourdi, la figure ravagée de colère, il s'exclama :

« Tu ne sembles pas comprendre... C'est pourtant clair... J'avais un besoin urgent de te voir... Alors, n'est-ce pas ?... »

Et affectant de répondre à une objection :

« Mais non, mon vieux, tu te trompes. Si je t'avais écrit ou téléphoné, tu ne serais pas venu... ou bien tu serais venu avec un régiment. Or je voulais te voir tout seul, et j'ai pensé qu'il n'y avait qu'à envoyer ces deux braves gens à ta rencontre, avec ordre de semer des peaux d'orange, de dessiner des croix et des cercles, bref, de te tracer un chemin jusqu'ici. Eh bien, quoi ? tu as l'air ahuri. Qu'y a-t-il ? Tu ne me reconnais pas, peut-être ? Lupin... Arsène Lupin... Fouille dans ta mémoire... Ce nom-là ne te rappelle pas quelque chose ?

– Animal », grinça Ganimard entre ses dents.

Lupin sembla désolé, et d'un ton affectueux :

« Tu es fâché ? Si, je vois ça à tes yeux... L'affaire Dugrival, n'est-ce pas ? J'aurais dû attendre que tu vinsses m'arrêter ?... Saperlipopette, l'idée ne m'en est pas venue ! Je te jure bien qu'une autre fois...

– Canaille, mâchonna Ganimard.

– Et moi qui croyais te faire plaisir ! Ma foi oui, je me suis dit :

1. ***Astrakan*** : fourrure.

“Ce bon gros Ganimard, il y a longtemps qu’on ne s’est vus. Il va me sauter au cou.” »

Ganimard, qui n’avait pas encore bougé, parut sortir de sa stupeur. Il regarda autour de lui, regarda Lupin, se demanda visiblement s’il n’allait pas, en effet, lui sauter au cou, puis, se dominant, il empoigna une chaise et s’installa, comme s’il eût pris subitement le parti d’écouter son adversaire.

« Parle, dit-il… et pas de balivernes [1]. Je suis pressé.

– C’est ça, dit Lupin, causons. Impossible de rêver un endroit plus tranquille. C’est un vieil hôtel qui appartient au duc de Rochelaure, lequel, ne l’habitant jamais, m’a loué cet étage et a consenti la jouissance des communs à un entrepreneur de peinture. J’ai quelques logements analogues, fort pratiques. Ici, malgré mon apparence de grand seigneur russe, je suis M. Jean Dubreuil, ancien ministre… Tu comprends, j’ai choisi une profession un peu encombrée pour ne pas attirer l’attention…

– Qu’est-ce que tu veux que ça me fiche ? interrompit Ganimard.

– En effet, je bavarde et tu es pressé. Excuse-moi, ce ne sera pas long… Cinq minutes… Je commence… Un cigare ? Non. Parfait. Moi non plus. »

Il s’assit également, joua du piano sur la table tout en réfléchissant et s’exprima de la sorte :

« Le 17 octobre 1599, par une belle journée chaude et joyeuse… Tu me suis bien ?… Donc, le 17 octobre 1599… Au fait, est-il absolument nécessaire de remonter jusqu’au règne d’Henri IV et de te documenter sur la chronique du Pont-Neuf ? Non, tu ne dois pas être ferré en histoire de France, et je risque de te brouiller les idées. Qu’il te suffise donc de savoir que, cette nuit, vers une heure du matin, un batelier qui passait sous la dernière arche de ce même Pont-Neuf, côté rive gauche, entendit tomber, à l’avant de sa péniche, une chose qu’on avait lancée du

1. ***Balivernes*** : sottises.

haut du pont, et qui était visiblement destinée aux profondeurs de la Seine. Son chien se précipita en aboyant, et, quand le batelier parvint à l'extrémité de sa péniche, il vit que sa bête secouait avec sa gueule un morceau de journal qui avait servi à envelopper divers objets. Il recueillit ceux des objets qui n'étaient pas tombés à l'eau et, rentré dans sa cabine, les examina. L'examen lui parut intéressant, et, comme cet homme est en relation avec un de mes amis, il me fit prévenir. Et ce matin, on me réveillait pour me mettre au courant de l'affaire et en possession des objets recueillis. Les voici. »

Il les montra, rangés sur une table. Il y avait d'abord les bribes déchirées d'un numéro de journal. Il y avait ensuite un gros encrier de cristal, au couvercle duquel était attaché un long bout de ficelle. Il y avait un petit éclat de verre, puis une sorte de cartonnage flexible, réduit en chiffon. Et il y avait enfin un morceau de soie rouge écarlate, terminé par un gland de même étoffe et de même couleur.

« Tu vois nos pièces à conviction, mon bon ami, reprit Lupin. Certes, le problème à résoudre serait plus facile si nous avions les autres objets que la stupidité du chien a dispersés. Mais il me semble cependant qu'on peut s'en tirer avec un peu de réflexion et d'intelligence. Et ce sont là précisément tes qualités maîtresses. Qu'en dis-tu ? »

Ganimard ne broncha pas. Il consentait à subir les bavardages de Lupin, mais sa dignité lui commandait de n'y répondre ni par un seul mot ni même par un hochement de tête qui pût passer pour une approbation ou une critique.

« Je vois que nous sommes entièrement du même avis, continua Lupin, sans paraître remarquer le silence de l'inspecteur principal. Et je résume ainsi, en une phrase définitive, l'affaire telle que la racontent ces pièces à conviction. *Hier soir, entre neuf heures et minuit, une demoiselle d'allures excentriques*[1] *fut blessée à coups*

---

1. ***Excentriques*** : originales, bizarres.

de couteau, puis serrée à la gorge jusqu'à ce que mort s'ensuivît, par un monsieur bien habillé, portant monocle, appartenant au monde des courses, et avec lequel ladite demoiselle venait de manger trois meringues et un éclair au café. »

Lupin alluma une cigarette, et, saisissant la manche de Ganimard :

« Hein ! ça t'en bouche un coin, inspecteur principal ! Tu t'imaginais que, dans le domaine des déductions policières, de pareils tours de force étaient interdits au profane [1]. Erreur, monsieur. Lupin jongle avec les déductions comme un détective de roman. Mes preuves ? Aveuglantes et enfantines. »

Et il reprit, en désignant les objets au fur et à mesure de sa démonstration :

« Ainsi, donc, *hier soir après neuf heures* (ce fragment de journal porte la date d'hier et la mention « journal du soir » ; en outre tu peux voir ici, collée au papier, une parcelle de ces bandes jaunes sous lesquelles on envoie les numéros d'abonnés, numéros qui n'arrivent à domicile qu'au courrier de neuf heures), donc, après neuf heures, *un monsieur bien habillé* (veuille bien noter que ce petit éclat de verre présente sur un des bords le trou rond d'un monocle, et que le monocle est un ustensile essentiellement aristocratique), *un monsieur bien habillé est entré dans une pâtisserie* (voici le cartonnage très mince, en forme de boîte, où l'on voit encore un peu de la crème des meringues et de l'éclair qu'on y rangea selon l'habitude). Muni de son paquet, le monsieur au monocle rejoignit cette jeune personne dont cette écharpe de soie rouge écarlate indique suffisamment les *allures excentriques*. L'ayant rejointe, et pour des motifs encore inconnus, il la frappa d'abord à *coups de couteau, puis l'étrangla à l'aide de cette écharpe de soie.* (Prends ta loupe, inspecteur principal, et tu verras, sur la soie, des marques d'un rouge plus foncé qui sont, ici, les marques d'un couteau que l'on essuie, et là, celles d'une main

1. ***Profane*** : non spécialiste, qui n'a pas été initié.

sanglante qui se cramponne à une étoffe.) Son crime commis, et afin de ne laisser aucune trace derrière lui, il sort de sa poche : 1° le journal auquel il est abonné, et qui (parcours ce fragment) est un journal de courses dont il te sera facile de connaître le titre ; 2° une corde qui se trouve être une corde à fouet (et ces deux détails te prouvent, n'est-ce pas, que notre homme s'intéresse aux courses et s'occupe lui-même de cheval). Ensuite, il recueille les débris de son monocle dont le cordon s'est cassé pendant la lutte. Il coupe avec des ciseaux (examine les hachures des ciseaux), il coupe la partie maculée de l'écharpe, laissant l'autre sans doute aux mains crispées de la victime. Il fait une boule avec le cartonnage du pâtissier. Il dépose aussi certains objets dénonciateurs qui, depuis, ont dû glisser dans la Seine, comme le couteau. Il enveloppe le tout avec un journal, ficelle et attache, pour faire poids, cet encrier de cristal. Puis il décampe. Un instant plus tard, le paquet tombe sur la péniche du marinier. Et voilà. Ouf ! j'en ai chaud. Que dis-tu de l'aventure ? »

Il observa Ganimard pour se rendre compte de l'effet que son discours avait produit sur l'inspecteur. Ganimard ne se départit pas [1] de son mutisme.

Lupin se mit à rire.

« Au fond, tu es estomaqué. Mais tu te défies. "Pourquoi ce diable de Lupin me passe-t-il cette affaire, au lieu de la garder pour lui, de courir après l'assassin, et de le dépouiller, s'il y a eu vol ?" Évidemment, la question est logique. Mais… il y a un mais : je n'ai pas le temps. À l'heure actuelle, je suis débordé de besogne. Un cambriolage à Londres, un autre à Lausanne, une substitution d'enfant à Marseille, le sauvetage d'une jeune fille autour de qui rôde la mort, tout me tombe à la fois sur les bras. Alors je me suis dit : "Si je passais l'affaire à ce bon Ganimard ? Maintenant qu'elle est à moitié débrouillée, il est bien capable de réussir. Et quel service je lui rends ! Comme il va pouvoir se

1. ***Ne se départit pas*** : ne se sépara pas.

distinguer !" Aussitôt dit, aussitôt fait. À huit heures du matin, j'expédiais à ta rencontre le type aux peaux d'orange. Tu mordais à l'hameçon, et, à neuf heures, tu arrivais ici tout frétillant. »

Lupin s'était levé. Il se baissa un peu vers l'inspecteur et lui dit, les yeux dans les yeux :

« Un point c'est tout. L'histoire est finie. Tantôt, probablement, tu connaîtras la victime… quelque danseuse de ballet, quelque chanteuse de café-concert. D'autre part, il y a des chances pour que le coupable habite aux environs du Pont-Neuf, et plutôt sur la rive gauche. Enfin, voici toutes les pièces à conviction. Je t'en fais cadeau. Travaille. Je ne garde que ce bout d'écharpe. Si tu as besoin de reconstituer l'écharpe tout entière, apporte-moi l'autre bout, celui que la justice recueillera au cou de la victime. Apporte-le-moi dans un mois, jour pour jour, c'est-à-dire le 28 décembre prochain, à dix heures. Tu es sûr de me trouver. Et sois sans crainte : tout cela est sérieux, mon bon ami, je te le jure. Aucune fumisterie [1]. Tu peux aller de l'avant. Ah ! à propos, un détail qui a son importance. Quand tu arrêteras le type au monocle, attention ; il est gaucher. Adieu, ma vieille, et bonne chance ! »

Lupin fit une pirouette, gagna la porte, l'ouvrit et disparut, avant même que Ganimard ne songeât à prendre une décision. D'un bond, l'inspecteur se précipita, mais il constata aussitôt que la poignée de la serrure, grâce à un mécanisme qu'il ignorait, ne tournait pas. Il lui fallut dix minutes pour dévisser cette serrure, dix autres pour dévisser celle de l'antichambre. Quand il eut dégringolé les trois étages, Ganimard n'avait plus le moindre espoir de rejoindre Arsène Lupin.

D'ailleurs, il n'y pensait pas. Lupin lui inspirait un sentiment bizarre et complexe où il y avait de la peur, de la rancune, une admiration involontaire et aussi l'intuition confuse que, malgré tous ses efforts, malgré la persistance de ses recherches, il n'arriverait jamais à bout d'un pareil adversaire. Il le poursuivait par

1. ***Fumisterie*** : tromperie, manipulation.

devoir et par amour-propre, mais avec la crainte continuelle d'être dupé par ce redoutable mystificateur [1], et bafoué devant un public toujours prêt à rire de ses mésaventures.

En particulier, l'histoire de cette écharpe rouge lui sembla bien équivoque [2]. Intéressante, certes, par plus d'un côté, mais combien invraisemblable ! Et combien aussi l'explication de Lupin, si logique en apparence, résistait peu à un examen sévère :

« Non, se dit Ganimard, tout cela c'est de la blague... Un ramassis de suppositions et d'hypothèses qui ne repose sur rien. Je ne marche pas. »

Quand il parvint au 36 du quai des Orfèvres [3], il était absolument décidé à tenir l'incident pour nul et non avenu.

Il monta au service de la Sûreté [4]. Là, un de ses camarades lui dit :

« Tu as vu le chef ?

– Non.

– Il te demandait tout à l'heure.

– Ah ?

– Oui, va le rejoindre.

– Où ?

– Rue de Berne... Un assassinat qui a été commis cette nuit...

– Ah ! et la victime ?

– Je ne sais pas trop... une chanteuse de café-concert, je crois. »

Ganimard murmura simplement :

« Crebleu de crebleu !... »

Vingt minutes après, il sortait du métro et se dirigeait vers la rue de Berne.

La victime, connue dans le monde des théâtres sous le sobriquet [5] de Jenny Saphir, occupait un modeste appartement situé au

1. ***Mystificateur*** : manipulateur, illusionniste, escroc.
2. ***Équivoque*** : qui possède des aspects contradictoires.
3. ***36, quai des Orfèvres*** : siège parisien de la police judiciaire.
4. ***La Sûreté*** : ancien service d'information et de surveillance policière.
5. ***Sobriquet*** : surnom familier et un peu moqueur.

second étage. Conduit par un agent de police, l'inspecteur principal traversa d'abord deux pièces, puis pénétra dans la chambre où se trouvaient déjà les magistrats chargés de l'enquête, le chef de la Sûreté, M. Dudouis, et un médecin légiste [1].

Au premier coup d'œil, Ganimard tressaillit. Il avait aperçu, couché sur un divan, le cadavre d'une jeune femme dont les mains se crispaient à un *lambeau de soie rouge* ! L'épaule, qui apparaissait hors du corsage échancré, portait la marque de deux blessures autour desquelles le sang s'était figé. La face, convulsée, presque noire, gardait une expression d'épouvante folle.

Le médecin légiste, qui venait de terminer son examen, prononça :

« Mes premières conclusions sont très nettes. La victime a d'abord été frappée de deux coups de poignard, puis étranglée. La mort par asphyxie est visible. »

« Crebleu de crebleu ! » pensa de nouveau Ganimard qui se rappelait les paroles de Lupin, son évocation du crime...

Le juge d'instruction objecta :

« Cependant le cou n'offre point d'ecchymose [2].

– La strangulation [3], déclara le médecin, a pu être pratiquée à l'aide de cette écharpe de soie que la victime portait et dont il reste ce morceau auquel elle s'était cramponnée des deux mains pour se défendre.

– Mais pourquoi, dit le juge, ne reste-t-il que ce morceau ? Qu'est devenu l'autre ?

– L'autre, maculé de sang peut-être, aura été emporté par l'assassin. On distingue très bien le déchiquetage hâtif des ciseaux. »

« Crebleu de crebleu ! répéta Ganimard entre ses dents pour la troisième fois, cet animal de Lupin a tout vu sans être là ! »

---

1. ***Médecin légiste*** : médecin chargé auprès de la police de l'autopsie des cadavres.
2. ***Ecchymose*** : bleu, contusion.
3. ***Strangulation*** : étranglement.

« Et le motif du crime ? demanda le juge. Les serrures ont été fracturées, les armoires bouleversées. Avez-vous quelques renseignements, monsieur Dudouis ? »

Le chef de la Sûreté répliqua :

« Je puis tout au moins avancer une hypothèse, qui résulte des déclarations de la bonne. La victime, dont le talent de chanteuse était médiocre, mais que l'on connaissait pour sa beauté, a fait, il y a deux ans, un voyage en Russie, d'où elle est revenue avec un magnifique saphir[1] que lui avait donné, paraît-il, un personnage de la cour. Jenny Saphir, comme on appelait la jeune femme depuis ce jour, était très fière de ce cadeau, bien que, par prudence, elle ne le portât pas. N'est-il pas à supposer que le vol du saphir fut la cause du crime ?

– Mais la femme de chambre connaissait l'endroit où se trouvait la pierre ?

– Non, personne ne le connaissait. Et le désordre de cette pièce tendrait à prouver que l'assassin l'ignorait également.

– Nous allons interroger la femme de chambre », prononça le juge d'instruction.

M. Dudouis prit à part l'inspecteur principal, et lui dit :

« Vous avez l'air tout drôle, Ganimard. Qu'y a-t-il ? Est-ce que vous soupçonnez quelque chose ?

– Rien du tout, chef.

– Tant pis. Nous avons besoin d'un coup d'éclat à la Sûreté. Voilà plusieurs crimes de ce genre dont l'auteur n'a pu être découvert. Cette fois-ci, il nous faut le coupable, et rapidement.

– Difficile, chef.

– Il le faut. Écoutez-moi, Ganimard. D'après la femme de chambre, Jenny Saphir, qui avait une vie très régulière, recevait fréquemment, depuis un mois, à son retour du théâtre, c'est-à-dire vers dix heures et demie, un individu qui restait environ jusqu'à minuit. "C'est un homme du monde, prétendait Jenny

---

1. ***Saphir*** : pierre précieuse.

Saphir : il veut m'épouser." Cet homme du monde prenait d'ailleurs toutes les précautions pour n'être pas vu, relevant le col de son vêtement et rabattant les bords de son chapeau quand il passait devant la loge de la concierge. Et Jenny Saphir, avant même qu'il n'arrivât, éloignait toujours sa femme de chambre. C'est cet individu qu'il s'agit de retrouver.

– Il n'a laissé aucune trace ?

– Aucune. Il est évident que nous sommes en présence d'un gaillard très fort, qui a préparé son crime, et qui l'a exécuté avec toutes les chances possibles d'impunité[1]. Son arrestation nous fera grand honneur. Je compte sur vous, Ganimard.

– Ah ! vous comptez sur moi, chef, répondit l'inspecteur. Eh bien, on verra... on verra... Je ne dis pas non... Seulement... »

Il semblait très nerveux et son agitation frappa M. Dudouis.

« Seulement, poursuivit Ganimard, seulement je vous jure... vous entendez, chef, je vous jure...

– Vous me jurez quoi ?

– Rien... on verra ça, chef... on verra... »

Ce n'est que dehors, une fois seul, que Ganimard acheva sa phrase. Et il l'acheva tout haut, en frappant du pied, et avec l'accent de la colère la plus vive :

« Seulement, je jure devant Dieu que l'arrestation se fera par mes propres moyens, et sans que j'emploie un seul des renseignements que m'a fournis ce misérable. Ah ! non, alors... »

Pestant contre Lupin, furieux d'être mêlé à cette affaire, et résolu cependant à la débrouiller, il se promena au hasard des rues. Le cerveau tumultueux, il cherchait à mettre un peu d'ordre dans ses idées et à découvrir, parmi les faits épars, un petit détail, inaperçu de tous, non soupçonné de Lupin, qui pût le conduire au succès.

Il déjeuna rapidement chez un marchand de vins, puis reprit sa promenade, et tout à coup s'arrêta, stupéfié, confondu. Il pénétrait

1. ***Impunité*** : fait de ne pas être puni.

sous le porche de la rue de Surène, dans la maison même où Lupin l'avait attiré quelques heures auparavant. Une force plus puissante que sa volonté l'y conduisait de nouveau. La solution du problème était là. Là se trouvaient tous les éléments de la vérité. Quoi qu'il fît, les assertions [1] de Lupin étaient si exactes, ses calculs si justes, que, troublé jusqu'au fond de l'être par une divination [2] aussi prodigieuse, il ne pouvait que reprendre l'œuvre au point où son ennemi l'avait laissée.

Sans plus de résistance, il monta les trois étages. L'appartement était ouvert. Personne n'avait touché aux pièces à conviction. Il les empocha.

Dès lors, il raisonna et il agit pour ainsi dire mécaniquement, sous les impulsions du maître auquel il ne pouvait pas ne pas obéir.

En admettant que l'inconnu habitât aux environs du Pont-Neuf, il fallait découvrir, sur le chemin qui mène de ce pont à la rue de Berne, l'importante pâtisserie ouverte le soir, où les gâteaux avaient été achetés. Les recherches ne furent pas longues. Près de la gare Saint-Lazare, un pâtissier lui montra de petites boîtes en carton, identiques, comme matière et comme forme, à celle que Ganimard possédait. En outre, une des vendeuses se rappelait avoir servi, la veille au soir, un monsieur engoncé dans son col de fourrure, mais dont elle avait aperçu le monocle.

« Voilà, contrôlé, un premier indice, pensa l'inspecteur, notre homme porte un monocle. »

Il réunit ensuite les fragments du journal de courses, et les soumit à un marchand de journaux qui reconnut aisément le *Turf*[3] *illustré*. Aussitôt, il se rendit aux bureaux du *Turf* et demanda la liste des abonnés. Sur cette liste, il releva les noms

---

1. ***Assertions*** : affirmations.
2. ***Divination*** : faculté de deviner, de prévoir, par des moyens qui ne sont pas ordinaires.
3. ***Turf*** : activité liée aux courses de chevaux.

et adresses de tous ceux qui demeuraient dans les parages du Pont-Neuf, et principalement, *puisque Lupin l'avait dit*, sur la rive gauche du fleuve.

Il retourna ensuite à la Sûreté, recruta une demi-douzaine d'hommes, et les expédia avec les instructions nécessaires.

À sept heures du soir, le dernier de ces hommes revint et lui annonça la bonne nouvelle. Un M. Prévailles, abonné au *Turf*, habitait un entresol sur le quai des Augustins. La veille au soir, il sortait de chez lui, vêtu d'une pelisse de fourrure, recevait des mains de la concierge sa correspondance et son journal le *Turf illustré*, s'éloignait et rentrait vers minuit.

Ce M. Prévailles portait un monocle. C'était un habitué des courses, et lui-même possédait plusieurs chevaux qu'il montait ou mettait en location.

L'enquête avait été si rapide, les résultats étaient si conformes aux prédictions de Lupin que Ganimard se sentit bouleversé en écoutant le rapport de l'agent. Une fois de plus, il mesurait l'étendue prodigieuse des ressources dont Lupin disposait. Jamais, au cours de sa vie déjà longue, il n'avait rencontré une telle clairvoyance, un esprit aussi aigu et aussi prompt.

Il alla trouver M. Dudouis.

« Tout est prêt, chef. Vous avez un mandat [1] ?

– Hein ?

– Je dis que tout est prêt pour l'arrestation, chef.

– Vous savez qui est l'assassin de Jenny Saphir ?

– Oui.

– Mais comment ? Expliquez-vous. »

Ganimard éprouva quelque scrupule, rougit un peu, et cependant répondit :

« Un hasard, chef. L'assassin a jeté dans la Seine tout ce qui pouvait le compromettre. Une partie du paquet a été recueillie et me fut remise.

1. ***Mandat*** (d'arrestation) : document officiel permettant d'arrêter un suspect.

– Par qui ?

– Un batelier qui n'a pas voulu dire son nom, craignant les représailles. Mais j'avais tous les indices nécessaires. La besogne était facile. »

Et l'inspecteur raconta comment il avait procédé.

« Et vous appelez cela un hasard ! s'écria M. Dudouis. Et vous dites que la besogne était facile ! Mais c'est une de vos plus belles campagnes. Menez-la jusqu'au bout vous-même, mon cher Ganimard, et soyez prudent. »

Ganimard avait hâte d'en finir. Il se rendit au quai des Augustins avec ses hommes qu'il répartit autour de la maison. La concierge, interrogée, déclara que son locataire prenait ses repas dehors, mais qu'il passait régulièrement chez lui après son dîner.

De fait, un peu avant neuf heures, penchée à sa fenêtre, elle avertit Ganimard, qui donna aussitôt un léger coup de sifflet. Un monsieur en chapeau haut-de-forme, enveloppé dans sa pelisse de fourrure, suivait le trottoir qui longe la Seine. Il traversa la chaussée et se dirigea vers la maison.

Ganimard s'avança :

« Vous êtes bien monsieur Prévailles ?

– Oui, mais vous-même ?...

– Je suis chargé d'une mission... »

Il n'eut pas le temps d'achever sa phrase. À la vue des hommes qui surgissaient de l'ombre, Prévailles avait reculé vivement jusqu'au mur, et tout en faisant face à ses adversaires, il se tenait adossé contre la porte d'une boutique située au rez-de-chaussée et dont les volets étaient clos.

« Arrière, cria-t-il, je ne vous connais pas. »

Sa main droite brandissait une lourde canne, tandis que sa main gauche, glissée derrière lui, semblait chercher à ouvrir la porte.

Ganimard eut l'impression qu'il pouvait s'enfuir par là et par quelque issue secrète.

« Allons, pas de blague, dit-il en s'approchant... Tu es pris... Rends-toi. »

Mais au moment où il empoignait la canne de Prévailles, Ganimard se souvint de l'avertissement donné par Lupin : Prévailles était gaucher, et c'était son revolver qu'il cherchait de la main gauche.

L'inspecteur se baissa rapidement, il avait vu le geste subit de l'individu. Deux détonations retentirent. Personne ne fut touché.

Quelques secondes après, Prévailles recevait un coup de crosse au menton, qui l'abattait sur-le-champ. À neuf heures, on l'écrouait au Dépôt [1].

Ganimard, à cette époque, jouissait déjà d'une grande réputation. Cette capture opérée si brusquement, et par des moyens très simples que la police se hâta de divulguer, lui valut une célébrité soudaine. On chargea aussitôt Prévailles de tous les crimes demeurés impunis, et les journaux exaltèrent [2] les prouesses de Ganimard.

L'affaire, au début, fut conduite vivement. Tout d'abord on constata que Prévailles, de son véritable nom Thomas Derocq, avait eu déjà maille à partir avec la justice. En outre, la perquisition que l'on fit chez lui, si elle ne provoqua pas de nouvelles preuves, amena cependant la découverte d'un peloton de corde semblable à la corde employée autour du paquet, et la découverte de poignards qui auraient produit une blessure analogue aux blessures de la victime.

Mais, le huitième jour, tout changea. Prévailles, qui, jusqu'ici, avait refusé de répondre, Prévailles, assisté de son avocat, opposa un alibi [3] très net : le soir du crime, il était aux Folies-Bergère [4].

1. ***On l'écrouait au Dépôt*** : on le mettait en prison.
2. ***Exaltèrent*** : célébrèrent.
3. ***Alibi*** : moyen de défense par lequel un suspect prouve qu'au moment du crime il était dans un autre lieu et qu'il est donc innocent.
4. ***Folies-Bergère*** : salle de spectacles parisienne.

De fait on finit par trouver, dans la poche de son smoking, un coupon de fauteuil et un programme de spectacle qui tous deux portaient la date de ce soir-là.

« Alibi préparé, objecta le juge d'instruction.

– Prouvez-le », répondit Prévailles.

Des confrontations eurent lieu. La demoiselle de la pâtisserie *crut reconnaître* le monsieur au monocle. La concierge de la rue de Berne *crut reconnaître* le monsieur qui rendait visite à Jenny Saphir. Mais personne n'osait rien affirmer de plus.

Ainsi l'instruction ne rencontrait rien de précis, aucun terrain solide sur lequel on pût établir une accusation sérieuse.

Le juge fit venir Ganimard et lui confia son embarras.

« Il m'est impossible d'insister davantage, les charges manquent.

– Cependant, vous êtes convaincu, monsieur le juge d'instruction ! Prévailles se serait laissé arrêter sans résistance s'il n'avait pas été coupable.

– Il prétend qu'il a cru à une attaque. De même il prétend qu'il n'a jamais vu Jenny Saphir, et, en vérité, nous ne trouvons personne pour le confondre. Et pas davantage, en admettant que le saphir ait été volé, nous n'avons pu le trouver chez lui.

– Ailleurs non plus, objecta Ganimard.

– Soit, mais ce n'est pas une charge contre lui, cela. Savez-vous ce qu'il nous faudrait, monsieur Ganimard, et avant peu ? L'autre bout de cette écharpe rouge.

– L'autre bout ?

– Oui, car il est évident que si l'assassin l'a emporté, c'est que les marques sanglantes de ses doigts sont sur l'étoffe. »

Ganimard ne répondit pas. Depuis plusieurs jours il sentait bien que toute l'aventure tendait vers ce dénouement. Il n'y avait pas d'autre preuve possible. Avec l'écharpe de soie, et avec cela seulement, la culpabilité de Prévailles était certaine. Or la situation de Ganimard exigeait cette culpabilité. Responsable de l'arrestation, illustré par elle, prôné comme l'adversaire le plus redoutable des malfaiteurs, il devenait absolument ridicule si Prévailles était relâché.

Par malheur, l'unique et indispensable preuve était dans la poche de Lupin. Comment l'y reprendre ?

Ganimard chercha, il s'épuisa en nouvelles investigations, refit l'enquête, passa des nuits blanches à scruter le mystère de la rue de Berne, reconstitua l'existence de Prévailles, mobilisa dix hommes pour découvrir l'invisible saphir. Tout fut inutile.

Le 27 décembre, le juge d'instruction l'interpella dans les couloirs du palais.

« Eh bien, monsieur Ganimard, du nouveau ?

– Non, monsieur le juge d'instruction.

– En ce cas, j'abandonne l'affaire.

– Attendez un jour encore.

– Pourquoi ? Il nous faudrait l'autre bout de l'écharpe : l'avez-vous ?

– Je l'aurai demain.

– Demain ?

– Oui, mais confiez-moi le morceau qui est en votre possession.

– Moyennant quoi ?

– Moyennant quoi je vous promets de reconstituer l'écharpe complète.

– Entendu. »

Ganimard entra dans le cabinet du juge. Il en sortit avec le lambeau de soie.

« Crénom de bon sang, bougonnait-il, j'irai la chercher, la preuve, et je l'aurai… Si toutefois M. Lupin ose venir au rendez-vous. »

Au fond, il ne doutait pas que M. Lupin n'eût cette audace, et c'était ce qui, précisément, l'agaçait. Pourquoi Lupin le voulait-il, ce rendez-vous ? Quel but poursuivait-il en l'occurrence ?

Inquiet, la rage au cœur, plein de haine, il résolut de prendre toutes les précautions nécessaires, non seulement pour ne pas tomber dans un guet-apens [1], mais même pour ne pas manquer,

1. ***Guet-apens*** : embuscade, piège.

puisque l'occasion s'en présentait, de prendre son ennemi au piège. Et le lendemain, qui était le 28 décembre, jour fixé par Lupin, après avoir étudié, toute la nuit, le vieil hôtel de la rue de Surène et s'être convaincu qu'il n'y avait d'autre issue que la grande porte, après avoir prévenu ses hommes qu'il allait accomplir une expédition dangereuse, c'est avec eux qu'il arriva sur le champ de bataille.

Il les posta dans un café. La consigne était formelle : s'il apparaissait à l'une des fenêtres du troisième étage, ou s'il ne revenait pas au bout d'une heure, les agents devaient envahir la maison et arrêter quiconque essaierait d'en sortir.

L'inspecteur principal s'assura que son revolver fonctionnait bien, et qu'il pourrait le tirer facilement de sa poche. Puis il monta.

Il fut assez surpris de revoir les choses comme il les avait laissées, c'est-à-dire les portes ouvertes et les serrures fracturées. Ayant constaté que les fenêtres de la chambre principale donnaient bien sur la rue, il visita les trois autres pièces qui constituaient l'appartement. Il n'y avait personne.

« M. Lupin a eu peur », murmura-t-il, non sans une certaine satisfaction.

« T'es bête », dit une voix derrière lui.

S'étant retourné, il vit sur le seuil un vieil ouvrier en longue blouse de peintre.

« Cherche pas, dit l'homme. C'est moi, Lupin. Je travaille depuis ce matin chez l'entrepreneur de peinture. En ce moment, c'est l'heure du repas. Alors je suis monté. »

Il observait Ganimard avec un sourire joyeux, et il s'écria :

« Vrai ! c'est une satanée minute que j' te dois là, mon vieux. J' la vendrais pas pour dix ans de ta vie, et cependant j' t'aime bien ! Qu'en penses-tu, l'artiste ? Est-ce combiné, prévu ? prévu depuis A jusqu'à Z ? J' l'ai t'i comprise, l'affaire ? J' l'ai t'i pénétré, l' mystère de l'écharpe ? Je n' te dis pas qu'il n'y avait pas des trous dans mon argumentation, des mailles qui manquaient à la chaîne... Mais quel chef-d'œuvre d'intelligence !

Quelle reconstitution, Ganimard ! Quelle intuition de tout ce qui avait eu lieu, et de tout ce qui allait avoir lieu depuis la découverte du crime jusqu'à ton arrivée ici, en quête d'une preuve ! Quelle divination vraiment merveilleuse ! T'as l'écharpe ?

– La moitié, oui. Tu as l'autre ?

– La voici. Confrontons. »

Ils étalèrent les deux morceaux de soie sur la table. Les échancrures faites par les ciseaux correspondaient exactement. En outre les couleurs étaient identiques.

« Mais je suppose, dit Lupin, que tu n'es pas venu seulement pour cela. Ce qui t'intéresse, c'est de voir les marques du sang. Suis-moi, Ganimard, le jour n'est pas suffisant ici. »

Ils passèrent dans la pièce voisine, située du côté de la cour, et plus claire en effet, et Lupin appliqua son étoffe sur la vitre.

« Regarde », dit-il en laissant la place à Ganimard.

L'inspecteur tressaillit de joie. Distinctement on voyait les traces des cinq doigts et l'empreinte de la paume. La preuve était irrécusable. De sa main ensanglantée, de cette même main qui avait frappé Jenny Saphir, l'assassin avait empoigné l'étoffe et noué l'écharpe autour du cou.

« Et c'est l'empreinte d'une main gauche, nota Lupin… D'où mon avertissement, qui n'avait rien de miraculeux, comme tu vois. Car, si j'admets que tu me considères comme un esprit supérieur, mon bon ami, je ne veux pas cependant que tu me traites de sorcier. »

Ganimard avait empoché prestement le morceau de soie. Lupin l'approuva.

« Mais oui, mon gros, c'est pour toi. Ça me fait tant de plaisir de te faire plaisir ! Et tu vois, il n'y avait pas de piège dans tout cela… rien que de l'obligeance[1]… un service de camarade à camarade, de copain à copain. Et aussi, je te l'avoue, un peu de curiosité… Oui, je voulais examiner l'autre morceau de soie…

1. ***Obligeance*** : bienveillance, amabilité, gentillesse.

Celui de la police… N'aie pas peur. N'aie pas peur, je vais te le rendre… Une seconde seulement. »

D'un geste nonchalant, et tandis que Ganimard l'écoutait malgré lui, il s'amusait avec le gland qui terminait la moitié de l'écharpe.

« Comme c'est ingénieux, ces petits ouvrages de femme ! As-tu remarqué ce détail de l'enquête ? Jenny Saphir était très adroite, et confectionnait elle-même ses chapeaux et ses robes. Il est évident que cette écharpe a été faite par elle… D'ailleurs, je m'en suis aperçu dès le premier jour. Curieux de ma nature, comme j'ai eu l'honneur de te le dire, j'avais étudié à fond le morceau de soie que tu viens d'empocher, et dans l'intérieur même du gland, j'avais découvert une petite médaille de sainteté que la pauvre fille avait mise là comme un porte-bonheur. Détail touchant, n'est-ce pas, Ganimard ? Une petite médaille de Notre-Dame-de-Bon-Secours. »

L'inspecteur ne le quittait pas des yeux, très intrigué. Et Lupin continuait :

« Alors, je me suis dit : comme il serait intéressant d'explorer l'autre moitié de l'écharpe, celle que la police trouvera au cou de la victime ! Car cette autre moitié, *que je tiens enfin*, est terminée de la même façon… De sorte que je saurai si la même cachette existe et ce qu'elle renferme… Mais regarde donc, mon bon ami, est-ce habilement fait ! Et si peu compliqué ! Il suffit de prendre un écheveau de cordonnet rouge et de le tresser autour d'une olive de bois creuse, tout en réservant, au milieu, une petite retraite, un petit vide, étroit forcément, mais suffisant pour qu'on puisse y mettre une médaille de sainteté… ou tout autre chose… Un bijou, par exemple… Un saphir… »

Au même instant, il achevait d'écarter les cordonnets de soie, et, au creux d'une olive, il saisissait entre le pouce et l'index une admirable pierre bleue, d'une pureté et d'une taille parfaites.

« Hein, que disais-je, mon bon ami ? »

Il leva la tête. L'inspecteur, livide, les yeux hagards, semblait ahuri, fasciné par la pierre qui miroitait devant lui. Il comprenait enfin toute la machination.

« Animal », murmura-t-il, retrouvant son injure de la première entrevue. Les deux hommes étaient dressés l'un contre l'autre.

« Rends-moi ça », fit l'inspecteur.

Lupin tendit le morceau d'étoffe.

« Et le saphir ! ordonna Ganimard.

– T'es bête.

– Rends-moi ça, sinon…

– Sinon, quoi, espèce d'idiot ? s'écria Lupin. Ah çà ! mais, t'imagines-tu que c'est pour des prunes que je t'ai octroyé l'aventure ?

– Rends-moi ça !

– Tu m'as pas regardé ? Comment ! Voilà quatre semaines que je te fais marcher comme un daim, et tu voudrais… Voyons, Ganimard, un petit effort, mon gros… Comprends que, depuis quatre semaines, tu n'es que le bon caniche… Ganimard, apporte… apporte au monsieur… Ah ! le bon toutou à son père… Faites le beau… Susucre ? »

Contenant la colère qui bouillonnait en lui, Ganimard ne songeait qu'à une chose, appeler ses agents. Et comme la pièce où il se trouvait donnait sur la cour, peu à peu, par un mouvement tournant, il essayait de revenir à la porte de communication. D'un bond, il sauterait alors vers la fenêtre et casserait l'un des carreaux.

« Faut-il tout de même, continuait Lupin, que vous en ayez une couche, toi et les autres ! Depuis le temps que vous tenez l'étoffe, il n'y en a pas un qui ait eu l'idée de la palper, pas un qui se soit demandé la raison pour laquelle la pauvre fille s'accrochait à son écharpe. Pas un ! Vous agissez au hasard, sans réfléchir, sans rien prévoir. »

L'inspecteur avait atteint son but. Profitant d'une seconde où Lupin s'éloignait de lui, il fit volte-face soudain, et saisit la poignée de la porte. Mais un juron lui échappa : la poignée ne bougea pas.

Lupin s'esclaffa.

« Même pas ça ! Tu n'avais même pas prévu ça ! Tu me tends un traquenard, et tu n'admets pas que je puisse flairer la chose d'avance… Et tu te laisses conduire dans cette chambre, sans te demander si je ne t'y conduis pas exprès, et sans te rappeler que les serrures sont munies de mécanismes spéciaux ! Voyons, en toute sincérité, qu'est-ce que tu dis de cela ?

– Ce que j'en dis ?… » proféra Ganimard, hors de lui.

Rapidement, il avait tiré son revolver et visait l'ennemi en pleine figure.

« Haut les mains ! » s'écria-t-il.

Lupin se planta devant lui, en levant les épaules.

« Encore la gaffe.

– Haut les mains, je te répète !

– Encore la gaffe. Ton ustensile ne partira pas.

– Quoi ?

– Ta femme de ménage, la vieille Catherine, est à mon service. Elle a mouillé la poudre ce matin, pendant que tu prenais ton café au lait. »

Ganimard eut un mouvement de rage, empocha l'arme, et se jeta sur Lupin.

« Après ? » fit celui-ci, en l'arrêtant net d'un coup de pied sur la jambe.

Leurs vêtements se touchaient presque. Leurs regards se provoquaient, comme les regards de deux adversaires qui vont en venir aux mains.

Pourtant, il n'y eut pas de combat. Le souvenir des luttes précédentes rendait la lutte inutile. Et Ganimard, qui se rappelait toutes les défaites passées, ses vaines attaques, les ripostes foudroyantes de Lupin, ne bougeait pas. Il n'y avait rien à faire, il le sentait. Lupin disposait de forces contre lesquelles toute force individuelle se brisait. Alors, à quoi bon ?

« N'est-ce pas ? prononça Lupin, d'une voix amicale, il vaut mieux en rester là. D'ailleurs, mon bon ami, réfléchis bien à tout ce que l'aventure t'a rapporté : la gloire, la certitude d'un avancement prochain, et, grâce à cela, la perspective d'une heureuse vieillesse. Tu ne voudrais pas cependant y ajouter la découverte du saphir et la tête de ce pauvre Lupin ! Ce ne serait pas juste. Sans compter que ce pauvre Lupin t'a sauvé la vie. Mais oui, monsieur ! Qui donc vous avertissait ici même que Prévailles était gaucher ?… Et c'est comme ça que tu me remercies ? Pas chic, Ganimard. Vrai, tu me fais de la peine. »

Tout en bavardant, Lupin avait accompli le même manège que Ganimard et s'était approché de la porte.

Ganimard comprit que l'ennemi allait lui échapper. Oubliant toute prudence, il voulut lui barrer la route et reçut dans l'estomac un formidable coup de tête qui l'envoya rouler jusqu'à l'autre mur.

En trois gestes, Lupin fit jouer un ressort, tourna la poignée, entrouvrit le battant et s'esquiva en éclatant de rire.

Lorsque Ganimard, vingt minutes après, réussit à rejoindre ses hommes, l'un de ceux-ci lui dit :

« Il y a un ouvrier peintre qui est sorti de la maison, comme ses camarades rentraient de déjeuner, et qui m'a remis une lettre. "Vous donnerez ça à votre patron", qu'il m'a dit. "À quel patron ?" que j'ai répondu. Il était loin déjà. Je suppose que c'est pour vous.

– Donne. »

Ganimard décacheta la lettre. Elle était griffonnée en hâte, au crayon, et contenait ces mots :

« Ceci, mon bon ami, pour te mettre en garde contre une excessive crédulité. Quand un quidam te dit que les cartouches de ton revolver sont mouillées, si grande que soit ta confiance en ce quidam, se nommât-il Arsène Lupin, ne te laisse pas monter le coup. Tire d'abord, et, si le quidam fait une pirouette dans l'éternité, tu auras la preuve : 1° que les cartouches n'étaient pas mouillées ; 2° que la vieille Catherine est la plus honnête des femmes de ménage.

« En attendant que j'aie l'honneur de la connaître, accepte, mon bon ami, les sentiments affectueux de ton fidèle

« Arsène Lupin. »

La Crinière du lion

(Arthur Conan Doyle, 1859-1930)

Sherlock Holmes

En 1887, Doyle donne naissance à Sherlock Holmes dans *Une étude en rouge*. Ses exploits sont racontés par le docteur Watson, son confident, qui l'accompagne dans ses enquêtes. Pittoresque de sa personne (sa pipe est à l'époque un objet nouveau), puritain [1] cultivant l'excellence, c'est un personnage d'une culture hétéroclite, autodidacte, sans ami ni familier, qui se situe au-dessus des autres par son habileté à triompher du mal et à dissiper les mystères. Il se montre un justicier impassible et orgueilleux, brave et désintéressé.

Son tempérament imperturbable, son humour et sa méthode fascinent le lecteur. Les déductions qui lui permettent de découvrir la vérité se fondent sur l'observation des objets et la lecture des visages : « Son œil vert-gris avait été contraint comme celui d'un Indien à enregistrer les plus menus détails et sa mémoire entraînée à conserver ces détails intacts en cas de besoin [2]. »

Après l'observation, l'analyse : Holmes remonte des faits aux

1. ***Puritain*** : à l'origine, protestant rigoriste d'Angleterre ; plus généralement, personne rigoureuse dans ses principes.
2. A. Conan Doyle, *Une affaire en rouge*, in *Les Aventures de Sherlock Holmes*, Laffont, coll. « Bouquins », t. I, p. 16.

causes par un raisonnement inductif[1]. Il ne se borne pas à l'examen des empreintes ou du terrain, mais il est capable de faire le portrait d'un criminel qu'il n'a jamais vu. Il incarne l'esprit scientifique, la pensée rationaliste de la fin du XIXe siècle.

Sir Arthur Conan Doyle est étudiant en médecine lorsqu'il écrit des nouvelles dans le *Strand Magazine*, principalement pour des raisons financières ; il s'inspire de Poe pour son personnage et de Gaboriau pour la construction de l'intrigue. La première enquête date de 1884, mais, nous l'avons vu, Sherlock Holmes n'apparaît qu'en 1887. Après des débuts difficiles vient l'époque du triomphe. Conan Doyle se consacre à la littérature jusqu'en 1919, écrit soixante-trois contes et quatre romans.

Conan Doyle tentera de faire disparaître son héros afin de se consacrer à des ouvrages historiques, mais Sherlock Holmes est immortel. Il aura même une vie posthume, notamment au cinéma, sous les traits de grands acteurs : Basil Rathbone en Angleterre ou Jean-Claude Brialy en France.

1. ***Inductif*** : qui remonte des faits à une loi générale. Ici, remonter de certains indices à des faits qu'ils rendent probables.

■ Sur cette couverture de 1909 (dessin de G.S. Da Fonseca), Holmes, justicier tout-puissant, surprend le meurtrier après son forfait.

La Crinière du lion

(1926)

Il est vraiment étonnant qu'un problème complexe et extraordinaire comme j'en ai rarement vu au cours de ma longue carrière active se soit présenté à moi après ma retraite, et presque à ma porte. Je venais de me retirer dans le Sussex [1] et je m'étais entièrement adonné à cette vie apaisante de la nature à laquelle j'avais si fréquemment aspiré pendant les nombreuses années que j'avais passées dans les ténèbres londoniennes. À cette époque, le bon Watson avait quasiment disparu de mon existence. De temps à autre, il faisait un court séjour pour le week-end, dans ma petite maison, et c'était tout. Voilà pourquoi je tiens moi-même ma chronique. Ah ! s'il s'était trouvé avec moi, que n'aurait-il pas fait d'un événement aussi peu banal et de mon triomphe final ! Hélas, il faut que je raconte mon histoire à mon humble manière ; mes phrases malhabiles correspondent à mes étapes sur la route difficile qui s'allongea devant moi quand j'entrepris d'élucider le mystère de la crinière du lion.

Ma villa est située sur le versant méridional des Downs [2] et j'ai un joli point de vue sur la Manche. À cet endroit, la côte est constituée uniquement par des falaises crayeuses que l'on ne peut descendre que par un seul sentier long et tortueux, escarpé, glissant. Au bas de ce sentier s'étend une bande de galets et de cailloux large de cent mètres, même quand la marée est haute.

---

1. ***Sussex*** : région du sud de l'Angleterre.
2. ***Downs*** : collines crayeuses du Sussex.

Ici ou là se dessinent des courbes et des creux qui constituent de magnifiques piscines naturelles dont l'eau se renouvelle régulièrement à chaque flux. Cette plage admirable se prolonge sur plusieurs kilomètres aussi bien à droite qu'à gauche, sauf sur un point où la petite anse et le village de Fulworth en interrompent la monotonie.

Ma maison est isolée. Moi, ma vieille femme de charge et mes abeilles, nous sommes seuls à vivre dans mon domaine. À huit cents mètres, toutefois, se dresse le collège bien connu de Harold Stackhurst, Les Pignons ; c'est une grande propriété où sont réunis une vingtaine de jeunes garçons qui se préparent à diverses professions sous le chaperonnage[1] de plusieurs maîtres. Stackhurst lui-même était en son temps un rameur réputé de Cambridge, et il avait une culture universelle. Nous nous liâmes d'amitié depuis le jour où je m'établis sur la côte ; il était le seul homme du pays qui venait passer la soirée chez moi, ou chez qui je me rendais, sans invitation formelle.

Vers la fin de juillet 1907, il y avait une grosse tempête ; le vent balaya la Manche ; la mer vint fouetter la base des falaises et des lagunes subsistèrent après le reflux. Le matin auquel je pense, le vent était tombé ; toute la nature était lavée de neuf et toute fraîche. Il était impossible de travailler tant la journée s'annonçait délicieuse ; je sortis avant le petit déjeuner pour faire un tour et respirer le bon air. Je pris le sentier qui conduisait à la descente vers la plage. Tout en marchant, j'entendis un cri derrière moi : c'était Harold Stackhurst qui agitait ses bras comme un sémaphore pour me souhaiter joyeusement bonjour.

« Quelle matinée, monsieur Holmes ! Je pensais bien que je vous rencontrerais dehors.

– Vous allez nager, je vois ?…

– Ah ! vous n'avez pas perdu vos bonnes habitudes ! me dit-il

---

1. ***Chaperonnage*** : tutelle.

en palpant sa poche gonflée. Oui. McPherson est sorti de bonne heure ; je pense que je le retrouverai par ici. »

Fitzroy McPherson était le professeur de sciences : un beau gaillard bien campé, mais dont le cœur était affaibli par un rhumatisme articulaire aigu. Athlète naturel malgré tout, il excellait dans tous les sports qui ne l'obligeaient pas à des efforts excessifs. Hiver comme été, il allait nager, et, nageur moi-même, je l'avais souvent rejoint dans l'eau.

À cet instant, nous vîmes McPherson en personne. Sa tête apparut au-dessus de la crête de la falaise où aboutissait le sentier. Il se dressa de toute sa hauteur, mais en vacillant comme un homme ivre. Presque aussitôt il leva les mains et, poussant un cri terrible, tomba la face contre terre. Stackhurst et moi, qui étions à cinquante mètres de là, nous nous précipitâmes ; nous le retournâmes et le mîmes sur le dos. Visiblement il agonisait. Ces yeux qui sombraient, ces joues livides n'annonçaient que la mort. Une lueur de vie éclaira néanmoins son visage, et il prononça deux ou trois phrases sur un ton de recommandation. Il voulait nous avertir, nous mettre en garde… Mais il avait parlé d'une voix indistincte et brouillée déjà par la mort. Les derniers mots que j'entendis et que je compris jaillirent de ses lèvres comme un cri :

« La crinière du lion. »

La crinière du lion ? Rien de plus hors de propos, inintelligible. Et pourtant j'étais sûr de ce que j'avais entendu. Il se souleva à demi, battit l'air de ses bras, retomba sur le flanc. Il était mort.

Mon compagnon était paralysé par l'horreur. Mais moi, comme le lecteur peut s'en douter, j'avais tous les sens alertés. Et j'en eus besoin, car il s'avéra bientôt que nous nous trouvions en face d'un cas extraordinaire. McPherson n'était vêtu que de son burberry[1], de son pantalon et d'une paire d'espadrilles non lacées. Quand il s'écroula, le burberry qu'il avait simplement jeté

1. ***Burberry*** : célèbre marque de pardessus anglais.

en travers de ses épaules glissa et découvrit son buste. Nous demeurâmes pétrifiés. Il avait le dos couvert de lignes rouge foncé, comme s'il avait été flagellé à coups redoublés par un fouet de fil de cuivre fin. L'instrument qui lui avait infligé cette punition était certainement flexible, car les longues cicatrices dessinaient des lignes courbes autour de ses épaules et de ses côtes. Du sang s'égouttait de son menton : il s'était mordu la lèvre inférieure dans un spasme de souffrance. Ce qu'avait été cette souffrance, ses traits déformés le révélaient.

Je me trouvais à genoux auprès du corps tandis que Stackhurst était demeuré debout, quand une ombre se projeta sur le sol : Ian Murdoch était arrivé à côté de nous. Murdoch était le professeur de mathématiques ; grand, brun, maigre, il était si taciturne [1] et distant qu'il n'avait pas d'amis. Il semblait vivre dans un royaume élevé, abstrait, de racines irrationnelles et de sections coniques qui le rattachait peu à la vie ordinaire. Les étudiants le considéraient comme un original et l'auraient sans doute chahuté s'ils n'avaient pas flairé un peu de sang barbare dans les veines de leur professeur : héritage qui se devinait non seulement à ses yeux noirs comme du charbon et à son visage basané, mais aussi à des explosions intermittentes de mauvaise humeur qu'ils étaient unanimes à dépeindre comme féroces. Une fois, harcelé par un petit chien qui appartenait à McPherson, il s'était emparé de l'animal et l'avait fait passer par la fenêtre. Stackhurst l'aurait renvoyé pour cet exploit s'il n'avait pas été un excellent professeur. Tel était le personnage étrange, complexe, qui survint. Il parut sincèrement bouleversé par le spectacle qu'il découvrit, bien que l'histoire du chien eût prouvé qu'il n'existait guère d'affinités entre lui et l'homme qui venait de mourir.

« Pauvre diable ! Pauvre diable ! Que puis-je faire ? Comment puis-je vous aider ?

---

1. ***Taciturne*** : morose, sombre et silencieux.

– Étiez-vous avec lui ? Pouvez-vous nous dire ce qui est arrivé ?

– Non, j'étais en retard ce matin. Je ne suis pas allé me baigner. J'arrive tout droit des Pignons. Que puis-je faire ?

– Courez au commissariat de police de Fulworth. Expliquez le cas. »

Sans un mot, il s'éloigna au pas de course. Je pris naturellement l'affaire en main, tandis que Stackhurst, assommé par cette tragédie, demeurait à côté du corps. Mon premier devoir consistait à rechercher qui se trouvait sur la plage. Je me postai en haut du sentier ; de là, je la dominais tout entière ; elle était déserte ; seules deux ou trois silhouettes sombres s'agitaient au loin dans la direction du village de Fulworth. Ayant précisé ce point, je descendis lentement le sentier. Il était fait d'argile ou de marne [1] lisse mélangée à la craie : je vis par endroits la même empreinte de pieds qui descendaient et remontaient. Personne d'autre n'était allé à la plage par ce sentier. À un endroit, j'observai la marque d'une main ouverte avec les doigts tendus dans le sens de la montée : ce qui signifiait seulement que le pauvre McPherson était tombé en remontant. Je vis aussi des creux arrondis : plus d'une fois il avait dû s'effondrer sur les genoux. Au bas du sentier s'étendait une grande lagune abandonnée par le reflux de la mer. McPherson s'était dévêtu à côté, car une serviette était encore posée sur un rocher. Elle était pliée et sèche, ce qui semblait indiquer qu'il n'était pas entré dans l'eau. En marchant sur les galets, j'aperçus quelques petites plaques de sable où je reconnus l'empreinte de ses espadrilles et aussi de son pied nu. Ce dernier fait prouvait qu'il s'était disposé à se baigner ; mais la serviette sèche indiquait qu'il ne l'avait pas fait.

Ainsi se posait le problème : un problème aussi étrange que les plus étranges que j'avais eu autrefois à résoudre. McPherson n'était pas demeuré plus d'un quart d'heure sur la plage.

1. ***Marne*** : mélange naturel d'argile et de calcaire.

Stackhurst l'avait suivi de près après sa sortie des Pignons : donc il ne pouvait y avoir de doutes là-dessus. Il allait se baigner et il s'était mis en tenue, comme ses pieds nus le confirmaient. Puis il avait brusquement remis ses vêtements, sans même les boutonner. Et il était reparti sans se baigner ou du moins sans se sécher. La cause de ce revirement ? Il avait été fustigé d'inhumaine façon, torturé à s'en mordre la lèvre jusqu'au sang pendant son agonie, et abandonné avec juste assez de force pour remonter le sentier et mourir. Qui avait commis une agression aussi barbare ? Il y avait bien des petites grottes et des cavernes à la base des falaises, mais le soleil bas les éclairait directement, et elles ne pouvaient servir de cachettes. D'autre part, j'avais distingué des silhouettes lointaines sur la plage, mais si lointaines qu'elles ne pouvaient être associées avec le crime. Et puis cette large lagune où McPherson avait eu l'intention de se baigner s'étendait entre elles et lui au ras des rochers. Sur la mer, quelques barques de pêche étaient assez proches : leurs occupants pourraient être interrogés plus tard. Plusieurs voies s'offraient donc à l'enquête ; aucune ne menait vers un objectif bien évident.

Quand je retournai enfin auprès du corps, un petit groupe était rassemblé autour de lui. Il y avait bien entendu Stackhurst, et Ian Murdoch qui venait d'arriver avec Anderson, le policier du village (un gros gaillard à la moustache couleur de gingembre, digne fils de la race lente et solide du Sussex qui dissimule beaucoup de bon sens sous un extérieur pesant et silencieux). Il nous écouta, prit note de tout ce que nous lui racontâmes, et finalement me tira à part.

« Je serais heureux de connaître votre avis, monsieur Holmes. C'est pour moi une grosse affaire, et si je me trompe ça fera du vilain ! »

Je lui donnai le conseil d'envoyer chercher son supérieur hiérarchique immédiat, ainsi qu'un médecin. Et aussi de ne pas autoriser qu'il soit touché à quoi que ce soit. Et encore de réduire au minimum les nouvelles empreintes de pas. Après quoi je me mis en demeure de fouiller les poches du mort. Je trouvai un mouchoir, un grand couteau et un petit portefeuille. De celui-ci dépassait un bout de papier que je dépliai et tendis au policier. Une main féminine avait griffonné :

J'y serai, vous pouvez en être sûr ! Maudie.

Cela ressemblait à une affaire d'amour, à un rendez-vous ; mais où et quand ? Le policier le replaça dans le portefeuille qui retourna dans les poches du burberry. Puis, comme rien de plus ne semblait s'imposer, je rentrai chez moi pour le petit déjeuner après avoir fait prendre toutes dispositions utiles pour que le bas des falaises soit soigneusement fouillé.

Stackhurst vint me voir un peu plus tard pour m'informer que le corps avait été transporté aux Pignons, où se déroulait l'enquête. Il m'apporta quelques nouvelles précises et sérieuses. Comme je m'y attendais, on n'avait rien trouvé dans les petites grottes et cavernes au bas de la falaise ; mais il avait examiné les papiers qui se trouvaient dans le bureau de McPherson ; or certains lui avaient révélé qu'une correspondance intime existait entre le jeune professeur de sciences et une certaine Mlle Maud Bellamy de Fulworth. Ainsi se trouvait établie l'identité de l'auteur du billet.

« La police a pris les lettres, me dit-il. Je n'ai pas pu vous les amener. Mais il est hors de doute qu'il s'agissait d'une sérieuse affaire d'amour. Je ne vois néanmoins aucune raison de la relier à cet horrible événement, à moins que la demoiselle lui ait effectivement fixé rendez-vous.

– Difficilement à une piscine que vous aviez tous l'habitude d'utiliser ! objectai-je.

– C'est un pur hasard, dit-il, que plusieurs étudiants ne se soient pas trouvés avec McPherson.

– Est-ce bien pur hasard ? »

Stackhurst fronça les sourcils en réfléchissant.

« Ian Murdoch les a retenus, m'expliqua-t-il. Il voulait procéder à je ne sais plus quelle démonstration géométrique avant le petit déjeuner. Pauvre type ! Il est terriblement affligé.

– Et pourtant je crois qu'ils n'étaient pas bons amis ?

– À une certaine époque, non. Mais depuis un an au moins Murdoch s'était retrouvé avec McPherson sur un plan aussi proche qu'il pouvait l'être avec un autre être humain, étant donné son caractère. Il n'est pas porté naturellement à se lier.

– Je comprends. Il me semble que vous m'aviez parlé il y a quelque temps d'une dispute entre eux à propos d'un chien maltraité.

– Elle s'était fort bien réglée.

– Non sans laisser peut-être certaines velléités [1] de vengeance ?

– Non, je vous assure ! Ils étaient redevenus bons amis.

– Alors il nous faut nous tourner du côté de la jeune fille. La connaissez-vous ?

– Tout le monde la connaît ! C'est la reine de beauté du pays. Une vraie beauté, Holmes, qui ne passerait inaperçue nulle part ! Je savais que McPherson était attiré vers elle, mais j'ignorais que les choses avaient été poussées au point que ces lettres semblent indiquer.

– Mais qui est-elle ?

– La fille de Tom Bellamy, le propriétaire de tous les bateaux et cabines de bain de Fulworth. Il a commencé comme simple pêcheur, mais maintenant il a du bien au soleil. Lui et son fils William dirigent l'affaire.

– Si nous allions faire un tour à Fulworth pour les voir ?

– Sous quel prétexte ?

– Oh ! nous en trouverons un aisément ! Après tout, ce pauvre McPherson ne s'est pas maltraité tout seul aussi cruellement. Il y avait une main d'homme au bout de ce fouet, en admettant que

1. ***Velléités*** : désirs.

ce soit un fouet qui l'ait blessé à mort. Dans cet endroit isolé, il ne devait pas avoir beaucoup de relations. Et en faisant le tour, nous finirons bien par découvrir le mobile [1], qui à son tour nous mènera au criminel. »

Si nous n'avions pas eu l'esprit tourmenté par la tragédie du matin, notre promenade à travers les Downs parfumées de thym aurait été fort agréable ! Le village de Fulworth est situé dans le creux d'un demi-cercle qui forme baie. Derrière le vieux hameau, plusieurs maisons modernes avaient été construites sur le terrain en pente. Stackhurst me conduisit vers l'une d'elles.

« Voilà Le Havre, comme Bellamy l'a baptisé. Celle qui a une tourelle sur l'angle et un toit d'ardoises. Elle n'est pas mal pour un homme parti de rien… Oh ! oh ! Regardez, Holmes ! »

La porte du jardin venait de s'ouvrir ; quelqu'un la franchissait pour sortir. Impossible de se tromper sur la silhouette haute, anguleuse, dégingandée [2]. C'était Ian Murdoch le mathématicien. Il nous croisa sur la route.

« Ohé ! » fit Stackhurst.

Murdoch répondit par un signe de tête, un curieux regard de biais, et il nous aurait dépassés si son directeur ne l'avait arrêté.

« Que faisiez-vous là ? » lui demanda-t-il.

Le visage de Murdoch s'enflamma de colère.

« Je suis votre subordonné [3], monsieur, mais uniquement sous votre toit. Je ne crois pas que j'aie à vous rendre compte de ma vie privée. »

Après tout ce qu'il avait enduré, Stackhurst avait les nerfs à fleur de peau. À un autre moment, peut-être, il aurait mieux réagi. Mais il perdit complètement son sang-froid.

---

1. ***Mobile*** : raison, cause du crime.
2. ***Dégingandée*** : aux mouvements désordonnés.
3. ***Subordonné*** : inférieur, qui dépend de quelqu'un dans la hiérarchie.

« En de telles circonstances, votre réponse est impertinente, monsieur Murdoch !

– Votre propre question relève du même terme.

– Ce n'est pas la première fois que je me heurte à votre insubordination[1]. Ce sera la dernière. Vous voudrez bien prendre vos dispositions, aussi rapidement que possible, pour enseigner les mathématiques ailleurs que chez moi.

– J'en avais l'intention. J'ai perdu aujourd'hui le seul être qui rendait Les Pignons vivables. »

Il s'éloigna. Stackhurst, furieux, demeura à le regarder.

« Il est décidément impossible, insupportable ! » cria-t-il.

La seule chose qui me vint naturellement à l'esprit fut que Ian Murdoch venait de sauter sur la première chance de prendre le large. Un soupçon vague, nébuleux, commença à prendre forme dans ma tête. Peut-être notre visite aux Bellamy projetterait-elle une lueur nouvelle sur l'affaire ? Stackhurst se ressaisit et nous nous dirigeâmes vers la maison.

M. Bellamy était dans la force de l'âge. Il avait une magnifique barbe rousse. Mais son humeur ne parut pas excellente, et son visage devint bientôt aussi rouge que son poil.

« Non, monsieur, je ne désire pas de détails. Mon fils… »

Il nous désigna un jeune homme robuste qui était assis, maussade et renfrogné, dans un coin du petit salon.

« … Mon fils pense comme moi : les intentions de ce M. McPherson envers Maud étaient inconvenantes. Oui, monsieur, le mot "mariage" n'a jamais été prononcé. Et cependant il y a eu des lettres, des rencontres, et beaucoup d'autres choses que ni mon fils ni moi n'approuvions. Elle n'a plus sa mère. Nous sommes ses seuls gardiens. Nous sommes résolus… »

Mais la parole lui fut coupée par l'apparition de la jeune fille en personne. Je n'exagère rien en affirmant qu'elle eût ravi n'importe quel jury. Qui aurait pu supposer qu'une fleur pareille

1. ***Insubordination*** : désobéissance.

avait poussé à partir d'une telle souche et dans une atmosphère aussi lourde ? J'ai rarement éprouvé de l'attrait pour des femmes car mon cerveau a toujours gouverné mon cœur, mais il m'a suffi de regarder ce visage parfaitement dessiné, cette fraîcheur douce dans la coloration du teint, pour comprendre qu'elle devait émouvoir tout homme qui la rencontrerait. Elle poussa donc la porte et se tint devant Harold Stackhurst, tendue, les yeux grands ouverts.

« Je sais déjà que Fitzroy est mort, dit-elle. Ne craignez pas de me dire les détails.

– Il y a un autre gentleman de chez vous qui nous a appris la nouvelle, expliqua le père.

– Je ne vois pas en quoi ça concerne ma sœur », grommela le fils.

Maud lui décrocha un regard vif, féroce.

« C'est mon affaire, William ! Je te prie de me laisser la régler comme je l'entends. D'après ce que je sais, il a été assassiné. Si je puis aider à désigner le criminel, c'est la moindre des choses que je puisse faire pour celui qui n'est plus. »

Elle écouta le bref récit de mon compagnon avec une concentration calme qui me montra qu'elle possédait autant de caractère que de charme. Maud Bellamy demeurera toujours dans ma mémoire comme l'image d'une jeune fille accomplie et remarquable. Sans doute me connaissait-elle déjà de vue, car elle se tourna ensuite vers moi.

« Aidez à leur châtiment, monsieur Holmes ! Je vous assure de toute ma sympathie et de tout mon concours, quels que soient les criminels ! »

J'eus l'impression que tout en parlant elle défiait du regard son père et son frère.

« Merci ! lui répondis-je. J'apprécie beaucoup l'instinct féminin dans de telles affaires. Vous avez dit : “les”. Vous croyez donc qu'il y avait plus d'un criminel ?

– Je connaissais assez M. McPherson pour savoir qu'il était brave et fort. Un homme seul n'aurait pas pu lui infliger de pareilles blessures.

– Pourrais-je vous dire un mot en particulier ?

– Je te le répète, Maud : ne te mêle pas de cette affaire ! » cria le père.

Elle me lança un regard désespéré :

« Que puis-je faire ?

– Tout le monde connaîtra bientôt les faits, répondis-je. Aussi, le mal ne sera pas grand si je les expose ici. J'aurais préféré un entretien privé, mais puisque votre père ne le permet pas, il participera à notre conversation !... »

Je parlai alors du billet qui avait été trouvé dans la poche de McPherson.

« ... Il en sera certainement fait état à l'enquête. Puis-je vous demander de me donner quelques explications ?

– Je ne vois aucune raison d'en faire mystère, répondit-elle. Nous étions fiancés, nous devions nous marier ; nous gardions secret notre projet parce que l'oncle de Fitzroy, qui est très âgé et à l'article de la mort paraît-il, aurait pu le déshériter s'il s'était marié contre son gré. Il n'y avait pas d'autre raison.

– Tu aurais pu nous le dire ! grogna M. Bellamy.

– Je vous l'aurais dit, père, si vous lui aviez témoigné la moindre sympathie.

– Je ne veux pas que ma fille sorte avec des garçons hors de son village.

– Votre préjugé contre lui nous a empêché de vous avertir. Quant à ce rendez-vous... »

Elle fouilla dans sa robe et en retira un papier chiffonné.

« ... C'était une réponse à ceci... »

Elle le lut :

Chérie, comme d'habitude au même endroit sur la plage, mardi, après le coucher du soleil. C'est la seule heure où je pourrai m'échapper.

F.M.

Elle ajouta :

« … Mardi, c'était aujourd'hui. J'avais l'intention de le rencontrer ce soir. »

Je retournai le billet.

« Ce petit mot n'est pas arrivé par la poste. Comment l'avez-vous reçu ?

– Je préférerais ne pas répondre à cette question. Elle est réellement sans le moindre rapport avec l'affaire sur laquelle vous enquêtez. Mais sur tout ce qui se rapporte à elle, je vous répondrai très librement. »

Elle tint parole ; mais son interrogatoire ne nous apprit rien de nouveau. Elle n'avait aucune raison de croire que son fiancé avait un ennemi caché, mais elle convint qu'elle avait eu plusieurs admirateurs très ardents.

« Puis-je vous demander si M. Ian Murdoch figurait dans le nombre ? »

Elle rougit et parut embarrassée.

« À une certaine époque, je crois qu'il l'a été. Mais tout a changé quand il a compris quelles relations nous unissaient, Fitzroy et moi. »

À nouveau l'ombre de cet homme étrange sembla poindre avec une précision accrue. Il faudrait fouiller son passé. Sa chambre devrait être soigneusement inventoriée. Stackhurst m'aiderait de toute sa bonne volonté car ses soupçons s'étaient éveillés. Nous revînmes du Havre avec l'espoir que nous avions saisi un bout de l'écheveau.

Une semaine s'écoula. L'enquête n'avait rien éclairci et elle se poursuivait. Stackhurst s'était discrètement renseigné sur son subordonné, et une fouille superficielle de sa chambre n'avait donné aucun résultat. Personnellement, j'avais tout repris à zéro et j'avais travaillé autant avec mes jambes qu'avec ma tête : en vain. Jamais le lecteur ne trouvera dans toutes mes chroniques un cas où je me sois trouvé absurdement à la limite de mon pouvoir. Le mystère dépassait même mes facultés imaginatives. Et puis survint un incident : l'incident du chien.

Ma vieille femme de charge en entendit parler la première, grâce à ce mystérieux sans-fil qui permet aux gens de la campagne d'avoir des nouvelles des uns et des autres.

« Une bien triste histoire, monsieur, l'histoire du chien de M. McPherson ! » me dit-elle un soir.

Je n'encourage jamais sa conversation, mais pour une fois j'insistai pour avoir la suite.

« Qu'y a-t-il à propos du chien de M. McPherson ?

– Il est mort, monsieur. Mort de chagrin pour son maître.

– Qui vous a raconté cela ?

– Mais, monsieur, tout le monde en parle. Il se désolait que ça en devenait terrible. Il ne voulait plus rien manger depuis une semaine. Et puis aujourd'hui, deux jeunes messieurs des Pignons l'ont trouvé mort. Mort sur la plage, monsieur : exactement à l'endroit où son maître a été tué. »

« Exactement à l'endroit... » Ces quatre mots retentirent dans ma tête comme un son neuf. Brusquement, j'eus l'impression confuse que ce détail était capital. Que le chien mourût, voilà qui était bien dans la nature magnifiquement fidèle des chiens. Mais « exactement à l'endroit !... » Pourquoi cette plage isolée lui avait-elle été fatale ? Était-il possible que lui aussi ait été sacrifié à une inimitié vindicative ? Était-il possible ?... Je n'avais qu'une impression confuse, mais déjà mon cerveau commençait à édifier une construction. Quelques minutes plus tard, j'arrivai aux Pignons, où je trouvai Stackhurst dans son bureau. À ma requête, il convoqua Sudbury et Blount, les deux étudiants qui avaient découvert le chien.

« Oui, il était couché juste au bord de la lagune, me confirma l'un d'eux. Il a dû suivre la piste de son défunt maître. »

Je vis le cadavre du petit animal fidèle, un terrier airedale, étendu sur le paillasson dans l'entrée. Le corps avait la rigidité de la mort ; les yeux saillaient ; les membres étaient tordus ; la souffrance se lisait sur cette pauvre bête comme si elle avait hurlé.

Des Pignons, je me dirigeai ensuite vers la piscine. Le soleil était couché ; l'ombre de la grande falaise s'allongeait toute noire sur l'eau qui scintillait sans plus d'éclat qu'une feuille de plomb. L'endroit était désert ; en dehors de deux oiseaux de mer qui dessinaient des cercles en poussant leurs cris, il n'y avait aucun signe de vie. Dans la lumière qui s'affaiblissait, je pus à peine distinguer les petites foulées du chien sur le sable autour du rocher où son maître avait posé sa serviette. Pendant un long moment, je demeurai plongé dans une profonde méditation. Autour de moi, les ombres s'appesantissaient. J'avais la tête pleine de pensées qui se chevauchaient à folle allure. Vous savez ce que c'est que de vivre un cauchemar dans lequel vous sentez qu'il y a une certaine chose capitale que vous recherchez et dont vous savez qu'elle est là tout en se maintenant hors de votre portée. Voilà ce que j'éprouvai ce soir-là à cet endroit marqué par la mort. Finalement je fis demi-tour et repris lentement le chemin de ma maison.

Je venais d'arriver au faîte du sentier quand, dans un éclair, je me rappelai cette chose capitale que j'avais tant cherchée. Vous savez certainement (ou alors Watson a perdu son temps) que je possède une ample réserve de connaissances hors du commun, sans système scientifique, mais très utiles pour les nécessités de mon travail. Mon esprit ressemble à une chambre de débarras bourrée de paquets de toutes sortes et bien rangés ; il y en a tellement que je peux très bien ne pas toujours me rappeler leur détail. Or je venais d'acquérir la certitude que quelque chose dans ma tête pouvait se rapporter à l'affaire. C'était encore vague, mais du moins j'allais être capable de préciser. Et aussi c'était monstrueux, incroyable ; pourtant j'entrevoyais une hypothèse ; je la vérifierais jusqu'au bout !

Dans ma maison, une petite mansarde est pleine de livres. J'y grimpai et fourrageai pendant une heure. Mais j'en sortis avec un petit volume à couverture chocolat et argent. Avidement, je relus le chapitre dont j'avais gardé le souvenir confus. Certes, l'hypothèse était bien osée, invraisemblable ; toutefois je n'aurais point de repos avant de m'être assuré de sa fausseté. Il était tard quand je me mis au lit. Je ne pouvais pas m'empêcher de penser à la tâche qui m'attendait le lendemain.

Mais cette tâche se heurta à un obstacle ennuyeux. Je venais d'avaler ma première tasse de thé et j'allais partir pour la plage quand je reçus la visite de l'inspecteur Bardle, de la police du Sussex. C'était un homme calme, massif, bovin [1], avec des yeux pensifs ; il me regarda d'un air très perplexe.

« Je connais, monsieur, votre immense expérience, me dit-il en préambule. Cette visite ne présente bien entendu aucun caractère officiel et personne n'a besoin de la connaître. Mais je n'ai pas de chance avec cette affaire McPherson ! La question est de savoir si je procède à l'arrestation, ou non.

– L'arrestation de M. Ian Murdoch ?

– Oui, monsieur. Il n'y a vraiment personne d'autre, tout bien réfléchi. Voilà l'avantage d'un endroit isolé. Nous resserrons, resserrons, jusqu'à ce que l'angle soit très petit. S'il ne l'a pas fait, alors qui ?

– Qu'avez-vous contre lui ? »

Il avait glané [2] dans les mêmes sillons que moi. Il avait été frappé par le caractère de Murdoch et le mystère qui semblait planer autour de cet homme. Par ses violents accès de colère, comme en avait témoigné l'épisode du chien. Par le fait qu'il s'était disputé avec McPherson dans le passé, et que tout semblait indiquer qu'il avait eu des raisons de lui en vouloir à propos

1. ***Bovin*** : qui possède les caractéristiques de la vache ou du bœuf.

2. ***Il avait glané*** : du verbe « glaner », ramasser des épis de blé ; ici, au sens figuré, recueillir des informations.

de Mlle Bellamy. Il possédait tous ces détails, comme moi, mais rien de plus, sinon que Murdoch paraissait se préparer à partir.

« Quelle serait ma position si je le laissais filer avec un pareil dossier contre lui ? » me demanda fort ému le policier.

« Vous avez des trous considérables dans votre dossier contre Murdoch, lui dis-je. Le matin du crime, il peut se prévaloir d'un alibi[1] irréfutable : il était avec les étudiants jusqu'à la dernière minute, et c'est peu après l'apparition de McPherson qu'il est arrivé derrière nous. D'autre part, réfléchissez à l'impossibilité absolue où il se serait trouvé de blesser tout seul et mortellement un homme au moins aussi fort que lui. Enfin, il y a cette question de l'instrument qui a provoqué ces blessures.

– Un fouet flexible ou quelque chose comme ça ?

– Avez-vous examiné les marques ?

– Je les ai vues. Le médecin aussi.

– Mais moi je les ai examinées soigneusement avec une loupe. Elles présentaient des particularités.

– Lesquelles, monsieur Holmes ? »

Je le fis entrer dans mon bureau et je lui montrai une photographie agrandie.

« Dans des cas pareils, voilà comment je travaille ! dis-je.

– À coup sûr vous travaillez sérieusement, monsieur Holmes !

– Si je ne travaillais pas ainsi, je ne serais pas tout à fait ce que je suis. Maintenant, considérons cette vergeture qui s'étend autour de l'épaule droite. N'observez-vous rien de spécial ?

– Je ne saurais dire que je vois quelque chose.

– Voyons, il est évident qu'elle est d'une intensité inégale. Il y a ici un point de sang qui s'est épanché, et un autre là. Sur une deuxième trace, celle-là, nous pouvons relever des indications similaires. Que signifient-elles ?

– Je n'en ai aucune idée. Et vous ?

---

1. ***Alibi*** : moyen de défense par lequel un suspect prouve qu'au moment du crime il était dans un autre lieu et qu'il est donc innocent.

– Peut-être que oui, peut-être que non. Je pourrai sans doute vous en dire davantage bientôt. Tout ce qui pourra révéler l'objet qui a fait cette marque nous mènera tout droit au criminel.

– J'ai une idée, absurde bien sûr ! murmura le policier. Mais si un réseau de barbelés rougis avait été posé sur son dos, alors ces points mieux marqués pourraient représenter les endroits où les fils s'entrecroisent.

– Votre comparaison est très ingénieuse. Ou encore pourrait-on penser à un chat à neuf queues très raides et munies de petits nœuds ?

– Ma foi, monsieur Holmes, je crois que vous avez mis le doigt dessus !

– À moins qu'il ne s'agisse d'une tout autre cause, monsieur Bardle. Mais votre dossier n'est pas encore assez complet pour que vous procédiez à une arrestation. En outre nous avons les derniers mots de la victime : “La crinière du lion.”

– Je me suis demandé si Ian…

– Oui. J'y ai aussi réfléchi. Mais ce n'est pas Ian que j'ai entendu : c'est lion ; j'en suis sûr ; il l'a crié !

– Vous n'avez pas d'autre hypothèse, monsieur Holmes ?

– Peut-être. Mais je ne voudrais pas en discuter avant de disposer d'une base plus solide.

– Et quand l'aurez-vous ?

– D'ici une heure. Peut-être avant. »

L'inspecteur se gratta le menton et me regarda avec scepticisme.

« Je voudrais bien lire ce que vous avez dans la tête, monsieur Holmes ! Peut-être ces barques de pêche ?

– Non, elles étaient trop loin.

– Alors ce serait ce Bellamy et son gros garçon ? Ils n'étaient pas au mieux avec M. McPherson. Ne lui auraient-ils pas joué un méchant tour ?

– Non. Vous ne tirerez rien de moi avant que je sois prêt, dis-je en souriant. Maintenant, inspecteur, nous avons l'un et l'autre notre travail à faire. Si vous voulez, nous pourrions nous revoir ici à midi ? »

Nous allions nous séparer quand se produisit la formidable interruption qui marqua le commencement de la fin.

La porte de ma maison s'ouvrit toute grande ; des pas maladroits résonnèrent dans le couloir, et Ian Murdoch entra en titubant dans mon bureau, livide, échevelé, ses vêtements en désordre, agrippant les meubles au passage pour ne pas tomber.

« Du cognac ! » gémit-il avant de s'effondrer sur le canapé.

Il n'arrivait pas seul. Derrière lui, j'aperçus Stackhurst, haletant, nu-tête, presque aussi hagard que son subordonné.

« Oui, du cognac ! s'écria-t-il. Cet homme en est à son dernier souffle. L'amener ici est tout ce que j'ai pu faire. Deux fois en chemin il s'est évanoui. »

La moitié d'un gobelet d'alcool opéra une étonnante transformation. Murdoch se redressa sur un bras et rejeta sa veste.

« Pour l'amour de Dieu ! cria-t-il. De l'huile, de l'opium, de la morphine ! N'importe quoi pour calmer cette douleur infernale ! »

L'inspecteur et moi poussâmes le même cri. Là, entrecroisé sur l'épaule nue de l'homme, se dessinait le même réseau de lignes rouges enflammées qui avait scellé le destin de Fitzroy McPherson. La douleur était évidemment terrible, et elle débordait des plaies, car la respiration du blessé s'arrêtait par moments, son visage devenait noir, et il portait la main à son cœur tandis que son front ruisselait de sueur. À tout instant il pouvait mourir. Nous lui redonnâmes du cognac ; chaque nouvelle dose le ramenait à la vie. Des tampons d'ouate imbibée d'huile à salade semblèrent chasser la douleur de ces mystérieuses blessures. Enfin sa tête retomba lourdement sur les coussins. Épuisée, sa nature avait cherché refuge dans la suprême réserve de vitalité. C'était un demi-sommeil et un demi-évanouissement, mais au moins il était soulagé de ses souffrances.

L'interroger aurait été impossible ; dès que nous fûmes rassurés sur son état, Stackhurst se tourna vers moi.

« Mon Dieu ! s'exclama-t-il. Que veut dire cela, Holmes ?

– Où l'avez-vous trouvé ?

– En bas sur la plage. Exactement à l'endroit où le pauvre McPherson a trouvé la mort. Si le cœur de Murdoch avait été aussi affaibli que celui de McPherson, il ne serait pas ici à présent. Plus d'une fois, pendant que je le transportais, j'ai cru qu'il était mort. Les Pignons étaient trop loin. J'ai pensé à votre maison.

– L'avez-vous vu sur la plage ?

– Je me promenais le long de la falaise quand je l'ai entendu crier. Il était au bord de l'eau, il chancelait comme un homme ivre. J'ai couru en bas, jeté quelques vêtements sur lui et je vous l'ai conduit ici. Pour l'amour du Ciel, Holmes, utilisez tous vos talents, n'épargnez aucune peine pour que cette malédiction s'éloigne, car on ne peut plus vivre ! Ne pouvez-vous, avec toute votre réputation mondiale, rien faire pour nous ?

– Je crois que je le peux, Stackhurst. Venez avec moi ! Et vous, inspecteur, accompagnez-nous ! Nous allons voir si nous ne pouvons pas vous livrer ce criminel. »

Laissant Murdoch inconscient aux bons soins de ma femme de charge, nous descendîmes tous les trois vers la lagune de mort. Sur les galets s'élevait encore le petit tas de vêtements et de serviettes qui appartenaient à la deuxième victime. Lentement, je fis le tour du bord de l'eau ; mes compagnons me suivaient en file indienne. L'eau était en général peu profonde, mais sous la falaise où la baie formait un creux, elle avait néanmoins entre un mètre vingt et un mètre cinquante de profondeur. C'était de ce côté que se dirigeaient naturellement les amateurs de natation, car l'eau y était verte et transparente comme du cristal. Une ligne de rochers la surplombait le long de la base de la falaise ; je la suivis en scrutant les profondeurs. J'avais atteint l'endroit le plus profond quand mes yeux aperçurent ce que je cherchais, et je poussai un cri de triomphe.

« Une cyanée ! m'écriai-je. Une cyanée ! Regardez la crinière du lion ! »

L'objet étrange que je désignais ressemblait en effet à une boule de poils emmêlés qui auraient été arrachés à la crinière d'un lion. Il reposait sur un fond rocheux à un mètre sous l'eau. C'était une méduse qui oscillait, qui respirait ; une créature chevelue avec des fils d'argent parmi ses tresses jaunes. Elle vibrait d'une dilatation lente et lourde, suivie d'une contraction analogue.

« Elle a fait assez de mal ! Ses minutes sont comptées ! Aidez-moi, Stackhurst ! Mettons pour toujours le criminel hors d'état de nuire ! »

Juste au-dessus du bord de l'eau, il y avait un gros rocher ; nous le bousculâmes dans la lagune. Quand les rides eurent disparu, nous constatâmes qu'il reposait sur le fond rocheux où j'avais vu la cyanée. Un bout de membrane jaune qui dépassait attestait que notre criminel se trouvait dessous. Une écume épaisse, huileuse, suinta de dessous le rocher et souilla l'eau en remontant lentement à la surface.

« Ça alors, ça me dépasse ! s'exclama l'inspecteur. Qu'était-ce, monsieur Holmes ? Je suis né et j'ai toujours vécu par ici, mais je n'ai jamais rien vu rien de tel. Ce n'est pas un produit du Sussex !

– Tant mieux pour le Sussex ! répondis-je. C'est probablement la tempête du sud-ouest qui l'a apportée. Rentrons chez moi, et je vous ferai connaître la terrible expérience d'un homme qui a une bonne raison de se rappeler sa première rencontre avec ce même fléau des mers. »

Quand nous arrivâmes dans mon bureau, nous découvrîmes que Murdoch allait mieux : il s'était redressé sur son séant [1] ; mais il était complètement étourdi, et de temps à autre secoué par une souffrance violente. En quelques mots, il nous dit qu'il n'avait aucune idée de ce qui lui était advenu ; il avait simplement ressenti le contact de ces terribles crocs qui l'avaient transpercé, et il lui avait fallu toute son énergie pour remonter sur la plage.

1. ***Redressé sur son séant*** : assis.

« Voici un livre, intervins-je en prenant le petit volume que j'avais déniché la veille au soir, qui m'a apporté les premières lueurs sur ce qui aurait pu demeurer à jamais ténèbres. *Out of Doors* a été écrit par le célèbre observateur J.G. Wood. Wood lui-même a failli périr au cours d'une rencontre avec cette abominable créature ; aussi en parle-t-il en connaissance de cause. *Cyanea capillata* est le vrai nom du criminel, qui peut s'avérer aussi dangereux pour la vie, et beaucoup plus douloureux, qu'un cobra. Je vais vous en lire rapidement un extrait : *Si le baigneur aperçoit une masse ronde et lâche de membranes tirant sur le roux, quelque chose qui ressemblerait à de grosses boules de poils arrachés à la crinière d'un lion et à du papier d'argent, qu'il prenne garde ! Car elle est dotée d'une terrible puissance de cinglement.*

« Wood raconte alors sa propre expérience avec la *Cyanea capillata* alors qu'il nageait au large de la côte du Kent[1]. Il s'aperçut que cette méduse développait des filaments presque invisibles jusqu'à une distance de dix-huit mètres, et que toute personne se trouvant à l'intérieur de cette circonférence se trouvait en danger de mort. Même à cette distance l'effet produit sur Wood manqua de peu de lui être fatal : *Les innombrables fils provoquèrent sur ma peau des lignes roses qui, au cours d'un examen sérieux, se révélèrent comme des minuscules pustules, chaque point semblant être affecté d'une aiguille qui aurait cheminé à travers les nerfs…*

« Wood explique que la douleur locale est la moins pénible de cette torture extraordinaire : *Les douleurs me traversaient la poitrine ; je tombai comme si j'avais eu le corps transpercé par des balles. Le pouls s'arrêtait, puis le cœur redonnait six ou sept battements, sautait comme s'il voulait s'expulser de ma poitrine.*

« Cette méduse faillit tuer Wood, alors qu'il avait été attaqué dans un océan agité et non dans les eaux calmes et resserrées d'une piscine. Il ajoute qu'il eut du mal à se reconnaître ensuite, tant son

1. ***Kent*** : région du sud-est de l'Angleterre.

visage était devenu blanc, ridé, ratatiné. Il avala une bouteille entière de cognac, qui semble lui avoir sauvé la vie. Je vous confie ce livre, inspecteur. Vous ne pourrez pas douter qu'il contienne une explication satisfaisante de la mort du pauvre McPherson.

– Et qu'il m'innocente ! ajouta Murdoch avec un pauvre sourire. Je ne vous blâme pas, inspecteur. Et je ne vous blâme pas non plus, monsieur Holmes, car vos soupçons étaient parfaitement normaux. Je sens qu'à la veille d'être arrêté, je ne me suis innocenté que parce que j'ai partagé le destin de mon pauvre ami.

– Non, monsieur Murdoch. J'étais déjà sur la piste, et si je m'étais trouvé sur la plage aussitôt que j'en avais eu l'intention, j'aurais pu vous épargner cette terrible aventure.

– Mais comment saviez-vous, monsieur Holmes ?

– Je suis, sur le plan lectures, un omnivore[1] qui retient d'étranges détails avec une mémoire tenace. Ces mots de McPherson, "une crinière de lion", m'obsédèrent. Je savais que je les avais lus quelque part dans un contexte peu banal. Vous avez vu que c'est la véritable description de cette méduse. Sans aucun doute elle flottait sur l'eau quand McPherson la vit, et ses dernières paroles constituèrent un suprême avertissement contre ce qui avait causé sa mort.

– Du moins me voilà réhabilité[2] ! déclara Murdoch en se remettant lentement debout. Je voudrais néanmoins vous dire deux mots d'explication. Il est vrai que j'ai aimé cette jeune fille, mais du jour où elle a choisi mon ami McPherson, je n'ai eu qu'un désir : aider à son bonheur. Je me suis contenté de vivre auprès d'eux et de leur servir de confident. J'ai souvent été le facteur de leurs messages. Je l'ai fait parce que je connaissais leur secret et qu'elle m'était si chère que je me suis hâté de lui apprendre la mort de son fiancé, de peur que quelqu'un ne me devance et ne la lui apprenne brusquement et brutalement. Elle

1. ***Omnivore*** : qui mange de tout.
2. ***Réhabilité*** : dont l'innocence a été reconnue.

n'a pas voulu vous parler de notre amitié, monsieur, car elle craignait que vous ne doutiez de ma sincérité et que j'en puisse souffrir… Avec votre autorisation, je vais regagner Les Pignons : mon lit sera le bienvenu. »

Stackhurst leva la main.

« Nos nerfs ont été soumis à un concert d'exaspération, lui dit-il. Pardonnez-moi le passé, Murdoch. Nous nous comprendrons mieux dans l'avenir. »

Ils sortirent bras dessus bras dessous, amis pour toujours. Je restai seul avec l'inspecteur, qui me contemplait en silence avec ses yeux bovins.

« Hé bien ! vous l'avez eu ! s'exclama-t-il enfin. J'avais lu beaucoup de choses sur vous. Mais je ne les avais jamais crues. C'est merveilleux ! »

Je fus contraint de hocher la tête. Accepter sans sourciller un pareil compliment aurait été s'abaisser.

« J'ai été lent au début. Je me le reproche grandement. Si le corps avait été découvert dans l'eau, j'y aurais songé probablement tout de suite. C'est la serviette qui m'a trompé. Le pauvre diable n'avait évidemment aucune envie de se sécher. Mais moi, en retour, j'ai été amené à croire qu'il n'avait jamais plongé dans l'eau. Alors, dans ces conditions, pourquoi l'idée d'une attaque délibérée par un monstre marin me serait-elle venue à l'esprit ? Si bien que j'ai progressé de travers. Hé bien ! inspecteur, il m'est souvent arrivé de vous blaguer, vous seigneurs de la police ! Mais la *Cyanea capillata* a presque vengé Scotland Yard. »

L'Oracle du chien

(G.K. Chesterton, 1874-1936)

Le père Brown

Le clergyman policier, ou encore le détective du Bon Dieu, est un homme d'aspect ordinaire, sans éclat : il a un air distrait, naïf, voire abruti. Il porte une robe noire, un chapeau melon, un gros parapluie et il est chargé d'innombrables paquets, « fouillant le paysage en tout sens de ses yeux myopes et un peu voilés, [...] porteur de lunettes rondes qui lui donnent l'air d'un hibou[1] ». Mais il ne faut pas s'y tromper : l'abbé est rusé comme un Sioux. Sa naïveté est une feinte, il est en effet doué d'une puissante imagination et d'une grande capacité de concentration. À l'inverse de Sherlock Holmes, rayonnant et autoritaire, le père Brown surprend les personnages et les lecteurs.

Son génie se manifeste avant tout dans la finesse de ses analyses psychologiques. En outre, grâce à la déduction, à la logique et à l'intuition, le père Brown résout des énigmes qui défient la raison. Aux crimes mystérieux qui inspirent des craintes superstitieuses, le détective oppose un fait simple et rationnel.

Son rôle de prêtre l'a familiarisé avec le mal, et grâce aux secrets entendus en confession il peut se mettre à la place du criminel. Non

1. F. Lacassin, in G.K. Chesterton, *La Clairvoyance du père Brown*, Édito-Service, Genève, p. IX.

seulement il résout une enquête en quelques heures, avant même que la police ait le temps d'arriver, mais il n'a pas besoin de se rendre sur les lieux du crime et peut débrouiller l'énigme en restant chez lui. Son infaillibilité en fait l'égal de Sherlock Holmes.

Le créateur de ce personnage est un Anglais, G.K. Chesterton, contemporain de A. Conan Doyle qui entreprit des études d'art avant de se lancer dans le journalisme et la critique littéraire. Son premier roman, *Napoléon de Notting Hill* (1904), est d'inspiration fantastique. Puis Chesterton rencontre dans une petite paroisse de campagne le père O'Connor, qui devient le modèle du personnage du père Brown. Les enquêtes du détective sont réunies dans cinq recueils de quarante-neuf nouvelles [1], mais Chesterton est également l'auteur d'une centaine d'ouvrages de réflexion sur la politique ou la religion.

Moins soucieux de vérité scientifique que Conan Doyle, Chesterton, dans ses nouvelles, insiste surtout sur la dimension psychologique des personnages et l'étude du cœur humain : « J'ai imaginé une comédie où un prêtre paraîtrait ne rien savoir, tandis qu'en fait il saurait beaucoup plus de choses sur le crime que ne sait le criminel lui-même [2]. » En effet, ses histoires dépassent le simple récit policier. Derrière les combinaisons astucieuses et surprenantes des énigmes, les récits s'élèvent pour montrer la force du mal dont le bien finit toujours par triompher.

---

1. *L'Innocence du père Brown, La Sagesse du père Brown, L'Incrédulité du père Brown, Le Secret du père Brown, Le Scandale du père Brown.*

2. *Autobiographie*, Desclée de Brouwer, 1948, p. 416.

■ L'illustration de la première édition de *L'Incrédulité du père Brown* (1926).

■ Le célèbre acteur anglais Alec Guinness dans le rôle du père Brown. Le film, *The Detective* (1954), est inspiré de la nouvelle *La Croix bleue* (1910), qui met en scène le plus original des enquêteurs.

L'Oracle du chien

(1926)

« Oui, déclara le père Brown, j'aime bien les chiens, à condition que l'on n'écrive pas ce mot à rebours [1]. »

Ceux qui parlent vite ne sont pas toujours aussi prompts à comprendre. Parfois, même, il semblerait que de leur vivacité résulte une sorte de sottise. Le jeune compagnon du père Brown débitait un flot d'idées et de paroles. C'était un enthousiaste. On le nommait Fiennes : il avait des yeux ardents et bleus, des cheveux blonds qui paraissaient rejetés en arrière, non par la brosse à cheveux mais par le vent, tant le jeune homme fendait le monde, tête baissée.

Tout ahuri, il arrêta un instant le flux de ses propos avant de saisir la signification très simple de la boutade du prêtre.

« Vous voulez entendre que les gens leur accordent trop d'importance ? questionna-t-il. Eh bien, je n'en suis pas sûr. Ce sont de remarquables créatures ! Je me demande parfois s'ils n'en savent pas plus long que nous. »

Le père Brown, sans répondre, continua de caresser la tête du grand épagneul, d'un geste machinal, mais qui semblait apaisant.

« Oui, poursuivit Fiennes, reprenant avec entrain son monologue, il y avait justement un chien dans cette affaire pour laquelle je suis venu vous consulter, celle que l'on a appelée : "L'Affaire du meurtrier invisible", vous savez… C'est une étrange histoire, mais,

---

1. En anglais, *dog* écrit à rebours donne : *god*, dieu. [*NdT.*]

à mon point de vue, c'est le chien qui a joué là le rôle le plus extraordinaire. Naturellement, reste le crime en lui-même… et la question de savoir qui a pu tuer le vieux Druce, alors qu'il était seul dans le kiosque… »

La main qui flattait le chien arrêta un instant son mouvement rythmique et le père Brown remarqua tranquillement :

« Alors, c'était dans un kiosque [1], n'est-ce pas ?

– J'ai cru que vous aviez lu le compte rendu des journaux, répliqua Fiennes ; attendez un peu, je crois que j'ai sur moi une coupure qui vous donnera tous les détails. »

Il sortit un bout de journal de sa poche, le tendit au prêtre, qui commença de lire, tenant le papier près de ses yeux clignotants d'une main, tandis que de l'autre il continuait à caresser distraitement le chien : pareil à l'homme de la parabole [2], qui laisse ignorer à sa main gauche ce que fait sa main droite.

Nombres d'histoires mystérieuses de gens assassinés, toutes portes et fenêtres closes, de meurtriers s'enfuyant alors qu'il n'y avait aucune issue, viennent d'être confirmées par la série des événements extraordinaires, survenus à Cranston, sur la côte du Yorkshire [3], où le colonel Druce fut trouvé poignardé dans le dos, par une dague [4] qui a complètement disparu de la scène du meurtre et, selon toute apparence, du voisinage même.

Le kiosque dans lequel succomba le vieillard était, il est vrai, accessible par la porte qui fermait l'allée centrale du jardin, conduisant à l'habitation. Mais, par une succession d'événements que l'on peut bien qualifier de coïncidences, il semblerait que l'allée et la porte d'entrée aient été surveillées, au moment critique. Une série de témoins se corroborent l'un l'autre sur ce point. Le kiosque se

1. ***Kiosque*** : petit pavillon de jardin exotique.
2. ***Parabole*** : récit qui comporte un enseignement moral ou religieux.
3. ***Yorkshire*** : région d'Angleterre.
4. ***Dague*** : poignard à manche court.

trouve à l'extrémité du jardin, lequel n'a ni entrée ni sortie d'aucune sorte. L'allée centrale qui le parcourt est un sentier bordé de hauts pieds-d'alouette[1]*, plantés si serrés qu'un passant s'écartant du chemin commettrait des dégâts apparents. La bordure fleurie s'étend jusqu'à l'entrée même du kiosque, il est donc impossible de s'écarter de cette allée très droite sans être observé et l'on ne peut pas cependant imaginer un autre mode d'accès.*

Patrice Floyd, secrétaire de la victime, certifia qu'il avait été en mesure de surveiller le jardin tout entier, à partir du moment où le colonel Druce apparut, bien vivant, dans le cadre de la porte, jusqu'à celui où il fut trouvé mort. Floyd était, en effet, au sommet d'une échelle, en train de tailler la haie du jardin. Janet Druce, fille du défunt, confirma ces dires, déclarant qu'elle était restée assise sur la terrasse de la maison et avait remarqué Floyd à son ouvrage.

Nous avons aussi le témoignage de Donald Druce, son frère, qui a regardé le jardin, alors qu'il se trouvait en robe de chambre à la fenêtre, car il s'était levé tard. Sa déposition concorde avec celle d'un voisin, le docteur Valentine, qui fit une visite à Miss Druce et lui parla sur la terrasse et, aussi, avec celle du notaire du colonel, M. Aubrey Traill, qui fut, selon toute évidence, la dernière personne à voir la victime encore en vie, en exceptant – nous le présumons du moins – le meurtrier.

Tous sont d'accord pour affirmer que les événements se déroulèrent comme suit : vers trois heures et demie de l'après-midi, Miss Druce descendit l'allée pour demander à son père s'il désirait du thé. Il répondit négativement, ajoutant qu'il attendait Traill, son notaire, et qu'il priait qu'on le lui envoyât au kiosque. La jeune fille revint, croisa Traill sur le chemin et lui indiqua où il trouverait son père. Environ une demi-heure après, l'homme de loi sortit du kiosque. Le colonel l'accompagna jusqu'au seuil, se montra avec toutes les apparences de la santé et même d'une belle

1. ***Pieds-d'alouette*** : variété de plante à fleurs.

humeur. Il avait été un peu contrarié, au début de la journée, de constater les habitudes irrégulières de son fils, mais il semblait avoir recouvré son calme et son état normal et il avait d'ailleurs paru très en forme, en recevant précédemment d'autres visiteurs, dont deux de ses neveux, venus pour la journée. Mais comme ceux-ci étaient en promenade au moment où se passa le drame, ils n'eurent pas de témoignages à fournir. On raconte que le colonel n'était pas en bons termes avec le docteur Valentine : mais œ monsieur n'eut qu'une courte entrevue avec la jeune fille de la maison, à laquelle il est censé faire une cour assidue.

Traill, le notaire, affirme qu'il a laissé le colonel absolument seul dans le kiosque, assertion[1] *confirmée par le coup d'œil que, tel un oiseau, Floyd jeta sur le jardin et par lequel il s'assura que personne ne franchissait l'unique entrée. Dix minutes après, Miss Druce parcourut de nouveau le jardin et elle n'avait pas atteint l'extrémité du sentier lorsqu'elle aperçut son père, très visible en raison de son veston de toile blanche, affaissé en tas sur le sol. Elle poussa un cri qui amena d'autres personnes sur les lieux et, lorsqu'on pénétra dans le kiosque, on trouva le colonel étendu mort près de son fauteuil d'osier renversé. Le docteur Valentine – encore dans le voisinage immédiat – revint et certifia que la blessure avait été faite par une sorte de stylet*[2] *qui, entrant sous l'omoplate, avait perforé le cœur. La police a fait des recherches dans les environs pour retrouver cette arme, mais sans résultat.*

« Ainsi le colonel Druce portait un veston blanc, remarqua le père Brown, en déposant le papier.

– C'est une habitude qu'il avait prise aux tropiques, expliqua Fiennes, quelque peu surpris. Il eut de singulières aventures là-bas, d'après ce qu'il racontait, et j'imagine que son aversion[3]

1. ***Assertion*** : affirmation.
2. ***Stylet*** : poignard à lame mince et pointue.
3. ***Aversion*** : antipathie.

pour Valentine venait de ce que le docteur arrivait lui aussi de ces contrées lointaines. Tout cela n'est qu'un infernal casse-tête. Le compte rendu est suffisamment exact. Je n'ai pas assisté au drame de la découverte. J'étais sorti pour me promener avec le jeune neveu et le chien – ce chien dont je voulais vous entretenir. Mais j'ai vu le théâtre du crime, tel que je vous l'ai décrit : l'allée droite entre les fleurs bleues, qui conduisait à l'entrée sombre, et le notaire s'en allant avec ses vêtements noirs et son chapeau de soie, puis la tête rousse du secrétaire que l'on apercevait, dépassant la haie verte qu'il émondait de ses ciseaux. Personne n'aurait pu ne pas reconnaître, à distance, cette tête rousse et si l'on vous affirme qu'elle était là, tout le temps, vous pouvez être certain que c'est exact. Ce secrétaire aux cheveux roux est un type en son genre, un garçon affairé, toujours bondissant, faisant le travail de tout le monde, comme il accomplissait, ce jour-là, celui du jardinier. Je crois qu'il est américain et il a certainement la façon des Américains d'envisager la vie, ce qu'ils appellent – Dieu les bénisse – "le point de vue" !

– Et le notaire ? » interrogea le père Brown.

Il y eut un silence, puis Fiennes articula très lentement, pour lui :

« Traill m'a frappé par son étrangeté. Dans ses beaux habits noirs il était presque élégant. Pourtant, on peut difficilement le qualifier d'homme à la mode. Il portait une paire de longs favoris[1] d'un noir luxuriant, tel qu'il ne s'en est pas vu depuis l'ère victorienne. Il avait un visage assez beau et grave et de jolies manières – graves aussi ; mais il avait l'air, de temps en temps, de se forcer à sourire. Or, en montrant ses dents blanches, il perdait un peu de sa dignité et il avait une expression légèrement apeurée. Cela pouvait dénoter un certain embarras ; car il tourmentait aussi, sans cesse, sa cravate et son épingle – belle et peu

1. ***Favoris*** : petites touffes de barbe dans le prolongement des cheveux sur le côté des joues.

banale, ainsi que lui-même. Si j'avais un soupçon… mais à quoi bon… puisque c'est impossible. Nul ne sait qui a commis le crime, ni comment il a pu être exécuté… Tout au moins, je fais une réserve et voilà pourquoi j'ai mentionné la chose, mais le chien, lui, sait bien. »

Le père Brown soupira, puis proféra [1], l'air absent :

« Vous vous trouviez là comme ami du jeune Donald, n'est-ce pas ? Et il n'est pas allé se promener avec vous ?

– Non, repartit Fiennes souriant. Le jeune bandit, couché au matin, ne s'était levé que l'après-midi. J'accompagnais ses cousins, deux officiers des Indes, et notre conversation fut assez banale. Je me souviens que l'aîné, Herbert, je crois – qui est une autorité dans l'élevage des chevaux –, ne sut parler d'autre chose que d'une jument qu'il avait achetée et de la moralité de l'homme qui la lui avait vendue ; tandis que son frère Harry ne put que s'étendre longuement sur sa mauvaise chance à Monte-Carlo [2]. Je vous cite ceci, pour vous montrer, à la lumière de ce qui se passa sur la route, qu'il n'y avait rien que de très terre à terre dans nos propos. Le chien était le seul mystique [3].

– Quel chien était-ce ? demanda le prêtre.

– Il était de la même race que celui-ci, répliqua Fiennes. C'est ce qui m'a fait commencer ce récit, lorsque vous avez avancé que vous ne pouviez admettre que l'on pût croire un chien. C'est un grand épagneul noir appelé Nox. Nom très suggestif [4], n'est-ce pas ? Je crois que cette bête est un mystère plus noir encore que le meurtre. Vous savez que la maison et le jardin de Bruce sont situés au bord de la mer. Nous avons marché à peu près un mile [5]

1. ***Proféra*** : prononça.
2. ***Monte-Carlo*** (Monaco) était réputée pour ses casinos et ses maisons de jeux.
3. ***Mystique*** : ici, dont le comportement renferme une part de mystère et d'irrationnel.
4. En latin, *nox* signifie « nuit ».
5. ***Mile*** : mesure de longueur anglo-saxonne correspondant environ à 1,6 km.

au-delà, le long des sables, puis sommes revenus par une autre route. Nous sommes passés près d'un rocher, très curieux, qui porte le nom de Roc de la Chance, célèbre aux alentours, parce qu'il est un de ces exemples de pierre en équilibre sur une autre pierre et que le moindre attouchement suffirait à renverser. Il n'est pas très élevé, mais son profil en surplomb lui donne l'aspect sauvage et sinistre. Tout au moins, c'est l'effet qu'il m'a produit, car je ne suppose pas que mes gais et jeunes compagnons aient été affectés par le paysage.

« Il se peut que j'aie commencé à sentir une mauvaise ambiance, dès cet instant. La question s'est posée de savoir s'il n'était pas l'heure de rentrer pour le thé et, déjà alors, j'avais le pressentiment que le temps comptait beaucoup dans cette affaire. Ni Herbert ni moi n'avions de montre, nous avons alors appelé son frère, resté quelques pas en arrière. Il s'était arrêté afin d'allumer sa pipe sous la haie. Il nous cria qu'il était quatre heures vingt, d'une grosse voix, dans le crépuscule qui tombait et, je ne sais pourquoi, la sonorité de cette voix résonna comme la proclamation d'un événement formidable. L'insouciance du jeune homme augmentait encore cet effet, mais il en est toujours ainsi de tous les présages et certains tic-tac de la pendule furent vraiment de mauvais augure, cet après-midi-là. D'après le docteur Valentine, le pauvre Druce était mort à peu près à quatre heures et demie.

« En tout cas, les jeunes gens affirmèrent que nous n'avions pas besoin de rentrer avant dix minutes et nous marchâmes alors un peu plus loin, en suivant la grève, lançant des pierres et jetant des bâtons dans la mer pour que le chien s'amusât à les rattraper à la nage. Mais la demi-clarté devenait singulièrement oppressante et l'ombre seule du pesant Roc de la Chance m'accablait comme un fardeau. Un fait curieux survint alors : Nox venait de rapporter la canne d'Herbert qu'il avait repêchée dans l'eau et Harry avait aussi jeté la sienne. Le chien nagea de nouveau, mais, à peu près au moment où aurait dû sonner le coup de la demi-heure, il s'arrêta. Il revint sur la plage et se planta devant nous. Puis il releva brusquement la tête et lança un aboiement, vrai hurlement de malheur, si j'en ai jamais ouï.

« "Que diable peut avoir ce chien ?" interrogea Herbert. Aucun de nous ne put répondre. Il y eut un long silence, après que cette lamentation, cette plainte de l'animal se fut éteinte, sur cette grève désolée. Puis le silence fut rompu. Aussi vrai que je suis en vie, il fut percé d'un cri lointain et faible, cri de femme émis de l'autre côté des haies, à l'intérieur des terres. Nous ne savions pas de quoi il s'agissait alors, mais nous l'apprîmes plus tard. C'était le cri que poussa la jeune fille en apercevant le cadavre de son père.

– Vous êtes retournés en arrière alors, je présume ? interrogea patiemment le père Brown. Qu'est-il arrivé ensuite ?

– Je vais vous le dire, annonça Fiennes avec une lugubre emphase[1] : quand nous sommes revenus dans le jardin, la première personne que nous avons rencontrée fut Traill, le notaire. Je le vois encore avec son chapeau noir et ses favoris sombres, mis en relief par la perspective des fleurs bleues qui s'étendaient jusqu'au kiosque, avec le coucher de soleil et l'étrange profil du Roc de la Chance, dans le lointain. Le visage, le corps même, étaient à contre-jour, mais je jure que les dents blanches étaient visibles et qu'il souriait.

« Au moment où Nox vit cet homme, il se précipita, puis resta au milieu du sentier, aboyant follement après lui, aboyant à la mort, proférant dans sa terrible haine des malédictions dans un langage plus expressif que des paroles. Et l'homme, plié en deux, s'enfuit, le long du chemin, entre les fleurs. »

Le père Brown sauta sur ses pieds, avec une impatience visible :

« Alors le chien l'avait dénoncé, n'est-ce pas ? L'oracle[2] du chien le condamna ! Avez-vous regardé s'il y avait des oiseaux

---

1. ***Une lugubre emphase*** : une exagération sinistre, inquiétante.
2. ***Oracle*** : réponse divine à une énigme.

qui volaient et si c'était à droite ou à gauche ? Avez-vous consulté les augures[1] sur les sacrifices ? Sûrement, vous n'avez pas manqué de dépecer le chien et d'examiner ses entrailles ? Car c'est là le genre d'épreuve scientifique en laquelle vous me semblez avoir confiance, ô vous, païens[2] humanitaires, lorsque vous songez à condamner la vie et l'honneur d'un homme ! »

Fiennes demeura bouche bée, un instant, avant de pouvoir respirer et dire :

« Qu'est-ce qui vous prend ? Qu'ai-je donc fait ? »

Une sorte d'anxiété reparut dans les yeux du prêtre, celle d'un homme qui aurait dans la nuit heurté un poteau et qui se demanderait, durant une minute, s'il ne l'a pas renversé.

« Je suis désolé, déclara-t-il avec une détresse sincère. Je vous demande pardon d'avoir été si rude. Je vous en prie, pardonnez-moi. »

Fiennes l'examina curieusement.

« Je finis par être convaincu que vous êtes vous-même plus mystérieux que tous les mystères, dit-il. Mais, de toute façon, si vous ne croyez pas à celui du chien, vous ne pouvez nier qu'au moment précis où l'animal est revenu de la mer pour aboyer, l'âme de son maître était arrachée à son corps par la force d'une puissance inconnue, que nul mortel ne saurait décrire, ni même imaginer. Quant au notaire, je ne le juge pas seulement par le chien. Il m'a frappé comme étant de cette sorte d'hommes, doucereuse[3], souriante, équivoque[4], et l'un de ses gestes me sembla un indice.

« Vous savez que le docteur et la police arrivèrent très rapidement sur les lieux. Valentine fut averti alors qu'il allait quitter la

---

1. ***Augures*** : dans l'Antiquité, prêtres chargés d'interpréter certains signes pour prédire l'avenir. À cet effet, comme l'évoque le père Brown, il arrivait que l'on sacrifie des animaux dont on découpait les entrailles pour y découvrir des signes.
2. ***Païens*** : qui ne croient pas au Dieu de la Bible.
3. ***Doucereuse*** : d'une douceur qui semble cacher de mauvaises intentions.
4. ***Équivoque*** : ambiguë, louche, inquiétante.

maison et il téléphona sur l'heure. Cette promptitude, la maison très retirée, le petit nombre de témoins, l'espace restreint, rendirent très facile la recherche d'une arme sur tous ceux qui avaient pu approcher le mort. La maison entière, le jardin et la grève furent examinés dans le même but. La disparition du poignard est aussi peu explicable que celle du meurtrier.

– La disparition du poignard… », répéta le père Brown, acquiesçant de la tête. Il semblait brusquement être devenu plus attentif.

« Oui, poursuivit Fiennes, ne vous ai-je pas raconté que Traill avait la manie de tourmenter sa cravate et surtout son épingle[1] ? Cette épingle – comme lui-même, d'ailleurs – était à la fois voyante et démodée. Elle était ornée d'une de ces pierres à cercles colorés et concentriques qui ressemblent à un œil, et la façon dont il s'occupait d'elle me portait sur les nerfs et me le faisait comparer à un cyclope qui aurait eu un œil au milieu du corps. L'épingle était non seulement volumineuse, mais très longue et il me vint à l'esprit que l'anxiété du notaire à son sujet tenait à ce qu'elle devrait être plus longue encore qu'elle ne le paraissait. En fait, de la longueur d'un stylet. »

Le père Brown s'inclina, pensif.

« A-t-on jamais songé à quelque autre instrument ? » interrogea-t-il.

« Il y eut une autre hypothèse, répondit Fiennes. Elle fut émise par l'un des jeunes Druce, les cousins, veux-je dire. Ni Herbert ni Harry Druce n'avaient jamais donné l'impression à personne qu'ils étaient capables d'aider à une recherche scientifique. Cependant, tandis qu'Herbert était vraiment le type traditionnel du lourd dragon[2], qui ne se soucie de rien, si ce n'est de ses chevaux et d'être lui-même le plus bel ornement des Horse-Guards[3],

---

1. ***Son épingle*** : la mode, à l'époque, était pour les hommes de porter une épingle à leur cravate.
2. ***Dragon*** : soldat de cavalerie.
3. ***Horse-Guards*** : régiment de cavalerie anglais.

son jeune frère Harry avait occupé un poste dans la police des Indes et connaissait mieux ce genre d'affaires.

« Vraiment, à sa manière, il était très intelligent et je croirais presque qu'il a été trop sûr de lui. Je veux dire qu'il a quitté la police pour avoir passé outre à certaines règles protocolaires [1] et pour avoir, de sa propre autorité, couru certains risques et pris certaines initiatives. Quoi qu'il en soit, il était, au moment du drame, une sorte de détective sans travail et il se jeta dans cette affaire avec toute l'ardeur d'un amateur. Ce fut avec lui que j'eus une discussion au sujet de l'arme, discussion qui amena un fait nouveau. Cela débuta par sa façon de contester ma description de l'aboiement du chien contre Traill. Il déclara qu'un chien hors de lui n'aboyait pas, mais grondait.

– Il a eu parfaitement raison en ceci, observa le prêtre.

– Mon ami ajouta que, s'il en était ainsi, il aurait entendu Nox gronder auparavant contre d'autres personnes, par exemple contre Floyd, le secrétaire. Je repartis [2] que son argument trouvait sa réponse en lui-même. Car on ne pouvait imputer le crime à deux ou trois personnes à la fois et encore moins à Floyd, innocent comme un écolier étourdi. Il avait été vu de tous, perché au-dessus de la haie, avec l'éventail de ses cheveux roux, telle une crête écarlate. "Je sais qu'il y a des points obscurs dans mon hypothèse, continua mon collègue, mais je voudrais que vous puissiez m'accompagner une minute dans le jardin. Je veux vous montrer quelque chose qui, je crois, n'a encore été vu par personne." Ceci se passait le jour même de la découverte et le jardin était resté tel quel. On voyait encore l'échelle de la haie et, juste au-dessous, notre guide, en se penchant, dégagea un objet enfoui dans l'herbe épaisse : les ciseaux qui avaient servi à tailler la haie ! La pointe de l'une des branches était maculée de sang. »

1. ***Protocolaires*** : qui concernent le protocole, c'est-à-dire les règles à respecter dans les relations officielles.
2. ***Je repartis*** : je répondis.

Il y eut un court silence, puis le père Brown s'écria brusquement :

« Que venait faire le notaire ?

– Il nous a raconté que le colonel l'avait envoyé chercher pour remanier son testament, expliqua Fiennes. Et, j'y pense, à présent, il y a encore un détail – au sujet du testament – qu'il me faut mentionner. Voyez-vous, le testament ne fut pas signé dans le kiosque ce jour-là.

– Évidemment, repartit le père Brown, il aurait fallu deux témoins.

– Précisément. Le notaire vint le jour précédent et le document fut signé. Mais on envoya chercher de nouveau le tabellion [1], le lendemain, parce que le vieillard avait un doute au sujet de l'un des témoins et voulait être rassuré.

– Qui étaient les témoins ? s'enquit le père Brown.

– Ah ! voilà justement le point délicat, reprit fiévreusement son interlocuteur. Les témoins étaient Floyd, le secrétaire, et ce docteur Valentine, sorte de chirurgien étranger quelconque. Tous deux sont brouillés. Il me faut ajouter, il est vrai, que le secrétaire est extrêmement agité. C'est un de ces êtres vifs et impétueux, dont la chaleur de tempérament se transforme volontiers en humeur batailleuse et en suspicion épineuse et qui sont plus disposés à se méfier des gens qu'à leur faire confiance. Cette sorte d'hommes à cheveux roux et à la tête chaude est toujours absolument crédule, ou absolument incrédule [2], parfois tour à tour. Cet Américain n'était pas seulement un homme à toutes mains [3], mais il travaillait mieux encore que les professionnels. Il ne se contentait pas de renseigner les gens, mais il les mettait aussi en garde contre tout le monde. Il faut en tenir compte, à

1. ***Tabellion*** : synonyme de notaire.
2. ***Crédule*** : prêt à tout croire ; ***incrédule*** : qui ne croit pas facilement ce qu'on lui dit.
3. ***Un homme à toutes mains*** : un homme capable de faire divers travaux.

propos de ses soupçons sur Valentine, bien qu'ici il semble qu'il y ait eu quelque chose de louche. Floyd découvrit que le nom du docteur n'était pas réellement Valentine, mais qu'on le connaissait ailleurs sous celui de Villon et il affirma que, de ce fait, le testament était nul[1]. De plus, il fut assez obligeant pour expliquer au notaire ce que disait la loi à ce sujet, et ils se mirent tous deux dans une terrible colère. »

Le père Brown rit :

« C'est ce qui arrive souvent aux témoins d'un testament, commenta-t-il. D'abord cela implique qu'il n'y a dans ce testament aucun legs[2] en leur faveur. Mais comment se comporta le docteur ? Sans doute, ce secrétaire universel connaissait mieux le nom du docteur que le médecin lui-même. J'imagine cependant que ce dernier devait posséder quelques renseignements à ce sujet.

– Le docteur Valentine réagit d'une façon bizarre… C'est un caractère singulier. Son physique ne peut passer inaperçu et décèle une origine étrangère. C'est un jeune homme. Il porte une barbe carrée, son visage est très pâle. Il a un regard de fatigue, comme s'il avait besoin de lunettes, ou qu'une attention trop soutenue lui donnât la migraine. Malgré cela, il est très bien de sa personne et toujours correctement vêtu, d'un haut-de-forme, d'une redingote foncée, ornée d'une rosette rouge. Ses manières sont froides et hautaines et il se distingue aussi par certaine façon de vous dévisager très déconcertante. Quand on l'a accusé d'avoir changé de nom, ses yeux ont pris l'expression fixe que l'on prête au sphinx[3]. Il s'est contenté d'esquisser un léger sourire et de répondre que, sans doute, les Américains

---

1. Chesterton joue ici sur l'homonymie avec le poète français François Villon (XVe siècle), qui est l'auteur d'un *Testament*.

2. ***Legs*** : héritage.

3. ***Sphinx*** : monstre imaginaire de la mythologie. C'est un lion ailé avec une tête et un buste de femme, que l'on représente figé dans une attitude énigmatique et mystérieuse.

n'avaient pas de nom à changer, ce qui mit le colonel fort en colère, et le porta à dire toutes sortes de vilaines choses au docteur. Il était d'autant plus irrité qu'il savait que Valentine avait la prétention de vouloir entrer dans sa famille. Mais je n'aurais vraiment pas attribué d'importance à cet incident, si je n'avais été frappé par quelques mots entendus plus tard, au début de l'après-midi où se passa le drame. Je ne veux pas leur attribuer plus de valeur qu'il ne convient, car ce n'est pas là le genre de conversation que l'on aime entendre à son insu. Comme je sortais, me dirigeant vers la grille d'entrée avec mes deux compagnons et le chien, un bruit de voix parvint à mes oreilles et je compris que le docteur Valentine et Miss Druce s'étaient retirés un moment à l'ombre de la maison, dans un angle, derrière une rangée d'arbustes fleuris. Ils se parlaient l'un à l'autre en chuchotements passionnés, qui ressemblaient parfois à des sifflements, car ce rendez-vous d'amour avait dû dégénérer en querelle. Personne ne voudrait raconter ce qui formait la plus grande partie de leurs propos ; mais à cause de cette malheureuse affaire, il est de mon devoir de déclarer que j'entendis répéter, plus d'une fois, certaine phrase, où il était question de tuer quelqu'un. En fait, la jeune fille paraissait supplier son interlocuteur de ne pas tuer une tierce personne, ajoutant qu'une provocation, si injurieuse soit-elle, ne pouvait conférer le droit d'y répondre par un meurtre ; et je trouvais qu'elle échangeait des phrases étranges avec un monsieur venu soi-disant pour prendre le thé.

– Savez-vous, questionna le prêtre, si le docteur Valentine était très irrité, après la scène avec le secrétaire et le colonel, celle qui avait trait aux témoins et au testament ?

– De toute façon, il le paraissait moins que le secrétaire, car ce dernier s'en fut, en rageant, après avoir signé le testament.

– Et maintenant, poursuivit le père Brown, que pouvez-vous m'apprendre de l'acte lui-même ?

– Le colonel était très riche et son testament important. Traill ne voulut pas nous indiquer ce que furent les altérations[1] qu'il y apporta. Mais j'ai su depuis – en réalité ce matin même – que la plus grande partie de la fortune avait passé du fils à la fille. Je vous ai déjà dit que Bruce était furieux contre mon ami Donald, à cause de la vie dissipée de ce jeune homme.

– La question du mobile a donc été quelque peu éclipsée par celle de la méthode, observa pensivement le père Brown. À ce moment, selon toute apparence, le testament favorisait immédiatement Miss Druce.

– Juste ciel ! Avec quel sang-froid vous parlez de tout cela, s'écria Fiennes, le dévisageant. Vous ne voulez pas au moins insinuer qu'elle…

– Va-t-elle épouser ce docteur Valentine ? interrogea l'autre.

– Quelques personnes le démentent, répondit-il. Mais il est aimé et respecté dans le pays. C'est un chirurgien habile et dévoué.

– Si dévoué à son art, ajouta le père Brown, qu'il portait sur lui des instruments de chirurgie, lorsqu'il vint rendre visite à la jeune fille, à l'heure du thé. Car il a dû se servir d'une lancette ou de quelque instrument analogue et il ne semble pas qu'il soit retourné chez lui. »

Fiennes sauta sur ses pieds, le regarda avec une interrogation passionnée :

« Voulez-vous dire qu'il aurait pu se servir de cette lancette ? »

Le père Brown hocha négativement la tête :

« Toutes ces hypothèses ne sont, pour l'instant, que des nuées, déclara-t-il. Le problème n'est pas de savoir qui a commis le crime, et pourquoi, mais de quelle manière il a été commis. Nous pouvons accuser tour à tour nombre d'hommes et de femmes, armés de multiples instruments : épingles, ciseaux, lancettes. Mais comment a-t-on pu entrer dans le kiosque ? Comment une épingle même a-t-elle pu s'y introduire ? »

---

1. ***Altérations*** : changements, modifications.

Rêveur, il fixait le plafond tout en parlant. Tandis qu'il prononçait les derniers mots, ses yeux clignotèrent brusquement, comme s'il avait aperçu soudain quelque mouche curieuse.

« Eh bien, que feriez-vous pour le savoir ? interrogea le jeune homme. Vous avez une grande expérience. Que conseilleriez-vous à présent ?

– Je crains de ne pouvoir être de réelle utilité, repartit le père Brown, avec un soupir. Je ne peux rien suggérer, avant d'avoir visité le lieu du crime, et les gens qui s'y trouvaient au moment du drame. Pour l'instant, il vous faut poursuivre les enquêtes locales. J'ai compris que votre ami de la police des Indes avait pris l'affaire en mains, là-bas. À votre place, j'irais voir comment il s'en tire. J'irais me rendre compte de ce que fait cet amateur détective. Il pourrait déjà y avoir d'autres nouvelles. »

Comme disparaissaient ses hôtes – bipède et quadrupède –, le père Brown prit sa plume et se remit à son occupation interrompue : le projet d'une suite de conférences sur l'encyclique[1] *Rerum novarum*. Le sujet était vaste et il lui fallut remanier son travail plus d'une fois, de sorte qu'il était non moins absorbé, deux jours plus tard, quand le grand chien noir revint en bondissant dans la pièce et se jeta sur lui, agité, plein de feu. Le maître qui suivait l'animal partageait cette excitation, sinon cette ardeur, la cause de son émotion étant sans doute moins plaisante ; car ses yeux bleus paraissaient sortir de sa tête et son visage intelligent était un peu pâle.

« Vous m'avez dit, déclara-t-il brusquement et sans préambule, de me renseigner sur l'enquête conduite par Harry Druce. Savez-vous ce que le jeune homme a fait ? »

Le prêtre ne répondit pas et Fiennes continua d'un ton saccadé.

« Je vais vous le dire… Il s'est tué. »

---

1. ***Encyclique*** : lettre envoyée par le pape à tous les évêques et dans laquelle se trouve rappelée la doctrine de l'Église.

Les lèvres du père Brown remuèrent légèrement, mais les mots qu'elles prononcèrent n'avaient rien à faire avec l'histoire de ce monde terrestre.

« Vous me donnez le frisson parfois, s'écria Fiennes. Est-ce que… est-ce que vous vous attendiez à ceci ?

– Je l'avais envisagé, répondit le père Brown, et c'est pourquoi je vous ai demandé d'aller là-bas voir ce que devenait ce jeune homme. J'espérais que vous n'arriveriez pas trop tard.

– C'est moi qui l'ai découvert, poursuivit Fiennes, la voix enrouée. Ce fut la trouvaille la plus laide, la plus fantastique que j'aie jamais contemplée ! J'ai parcouru ce vieux jardin, une fois de plus, sentant qu'il y avait là quelque chose de nouveau et d'insolite, en dehors du meurtre. Les fleurs se pressaient toujours, en masses bleues, de chaque côté de l'entrée obscure, jusque dans le kiosque sombre et gris ; mais ces fleurs bleues me semblaient des démons dansant devant la noire caverne d'un monde maudit. Je regardais autour de moi. Tout me parut à sa place usuelle. Cependant la sensation étrange augmenta, tout me semblait anormal : l'aspect du ciel même ! Soudain, je compris : le Roc de la Chance qui s'élevait au second plan, derrière la haie, en se profilant sur la mer, ce roc n'y était plus. »

Le père Brown avait levé la tête, il écoutait attentivement.

« C'était comme si une montagne avait disparu d'un paysage, ou que la lune fût tombée du ciel… Je savais pourtant que le moindre attouchement suffirait à renverser le bloc. Poussé par je ne sais quelle force, je dévalai le long du jardin, rapide comme le vent, et passai au-delà de cette haie, aussi aisément que j'eusse traversé une toile d'araignée. La haie, en effet, était très mince, bien que sa netteté, toujours entretenue, lui permît de faire office de mur. Sur la grève, je trouvai le roc tombé de son piédestal et le pauvre Harry Druce, qui gisait dessous, comme une épave. Un de ses bras entourait la pierre, dans une sorte d'étreinte, comme s'il l'avait lui-même fait basculer sur lui et, sur la large bande de sable brun, tout près, il avait écrit ces mots : “Le Roc de la Chance écrase l’imbécile.”

– Ceci fut l’œuvre du testament du colonel, observa le père Brown. Le jeune homme avait compté profiter de la disgrâce de Donald, surtout après que son oncle l’eut envoyé chercher – en même temps que le notaire – et l’eut accueilli avec tant de chaleur. C’était son dernier espoir. Il avait perdu sa situation à la police ; il s’était ruiné à Monte-Carlo… Il se donna la mort, lorsqu’il découvrit qu’il avait, en pure perte, assassiné son parent.

– Arrêtez-vous, une minute, de grâce, cria Fiennes ahuri. Vous allez trop vite pour moi.

– Et, puisque nous parlons du testament, poursuivit le père Brown, calmement – avant que je l’oublie ou que nous passions à des faits plus importants –, il y a une explication très simple, au sujet du nom du docteur. Ce praticien est en réalité un aristocrate français, et devrait porter le dire de marquis de Villon. Mais il est également républicain convaincu. C’est pourquoi il a abandonné son titre pour reprendre le surnom oublié de la famille : *“Avec votre citoyen Riquetti, vous avez intrigué l’Europe pendant dix jours !”*

– De quoi parlez-vous ? demanda le jeune homme déconcerté.

– Ne faites pas attention, continua le prêtre. Neuf fois sur dix, c’est le fait d’un coquin que de changer de nom, mais ici ce n’est qu’un fait de louable fanatisme. Et nous avons l’explication de ce sarcasme du docteur à propos des Américains qui n’ont pas de nom, ou plutôt jamais de titres. Il est vrai que le marquis d’Hartington n’est jamais appelé en Angleterre “Monsieur d’Hartington”, mais en France on nomme très bien le marquis de Villon Monsieur de Villon, ce qui, pour nous, serait déjà un changement de nom.

« Quant à la conversation que vous avez surprise, je pense qu’il s’agissait aussi d’une question d’étiquette [1]. Le docteur parlait de

1. ***Étiquette*** : ensemble de règles à respecter, en particulier dans une assemblée de nobles.

faire à Floyd une sommation en duel[1] et la jeune fille essayait de l'en dissuader.

– Oh ! je comprends, articula Fiennes lentement, je comprends maintenant ce qu'elle voulait dire…

– De quoi s'agit il encore ? s'enquit son compagnon en riant.

– Eh bien, expliqua le jeune homme, c'est une aventure qui m'est arrivée juste avant de découvrir le corps de ce pauvre garçon et que la vue de la catastrophe m'avait fait oublier. Il est naturel, n'est-ce pas, de laisser de côté une idylle romanesque lorsqu'on se trouve en présence d'un drame. Comme je parcourais les chemins qui conduisent à la vieille demeure du colonel, j'ai rencontré sa fille, accompagnée du docteur Valentine. Elle était en deuil, évidemment. Quant à lui, il est toujours vêtu de noir, comme pour un enterrement. Je ne peux pas dire, cependant, que leurs deux visages portaient une expression funèbre. Il ne m'a jamais été donné de voir, dans leur dignité même, deux personnes à l'air aussi radieux. Le couple s'arrêta, me salua, puis la jeune personne m'annonça qu'elle et Valentine étaient mariés et qu'ils habitaient une petite maison en bordure de la ville, où le docteur continuait d'exercer sa profession. J'en fus surpris, car je savais que le testament de son père lui avait attribué tous les biens et j'y fis allusion, délicatement, disant que je me dirigeais vers la vieille demeure et que j'avais à demi compté l'y rencontrer. Elle se contenta de sourire et de répondre : “Oh, nous avons renoncé à tout cela. Mon mari n'aime pas les héritières.” Et j'appris avec quelque étonnement qu'elle et lui avaient insisté pour rendre la propriété au pauvre Donald. J'espère qu'il en aura reçu un choc salutaire et saura se soigner intelligemment. Son cas ne fut jamais inquiétant d'ailleurs. Il était très jeune et son père peu raisonnable. Mais ce fut à ce propos que la jeune femme prononça ces mots que je ne compris pas, au moment même, mais qui me paraissent très clairs après vos explications.

1. ***Une sommation en duel*** : une provocation en duel.

Elle déclara avec une sorte de splendide arrogance, tout à fait désintéressée :

"J'espère que cela empêchera cet imbécile à cheveux rouges de continuer ses embarras, au sujet du testament. Pense-t-il que mon mari – après avoir renoncé à un blason qui remonte aux croisades, en raison de ses convictions démocratiques – aurait été assassiner un vieillard dans un kiosque, pour un legs de cette importance ?" Puis elle rit encore et s'écria : "Mon mari n'a tué personne, sauf peut-être dans l'exercice de sa profession. Il n'a même pas demandé à ses amis d'aller voir le secrétaire."

« Maintenant, naturellement, je saisis bien ce qu'elle entendait par là.

– Je comprends aussi une partie de ce qu'elle a voulu dire. Mais de quoi s'agissait-il exactement lorsqu'elle parlait des difficultés suscitées par le secrétaire à propos du testament ? » questionna le père Brown.

Fiennes sourit, tout en répondant :

« Je voudrais que vous connaissiez le secrétaire, père Brown. Ce serait une joie pour vous de l'observer, lorsqu'il s'emploie à "faire ronfler les choses", selon son expression.

« C'est ce qu'il fit pour cette maison de deuil. Il entoura les funérailles de tout le tintamarre qui aurait convenu à une brillante fête sportive. Il n'y avait jamais eu moyen de le retenir, lorsqu'un événement était survenu. Je vous ai dit comment il surveillait le jardinier ainsi que le jardin, comment il conseillait le notaire à propos de la loi. Inutile d'ajouter qu'il dirigeait aussi le chirurgien dans la pratique de son art et, comme il s'agissait du docteur Valentine, cela s'est terminé par une accusation pire que celle de mauvais chirurgien. Le secrétaire a mis dans sa tête rousse que le docteur devait être l'auteur du crime. Quand la police arriva, il se montra sublime. Est-il nécessaire de vous apprendre qu'il devint sur-le-champ le plus fameux des détectives amateurs ? Sherlock Holmes ne présida jamais les assemblées de Scotland Yard avec une fierté, un dédain intellectuel plus titanique[1] que le secrétaire privé du colonel Druce ne présida l'enquête de police sur la mort dudit colonel. Je vous le répète. C'était un spectacle comique à contempler. Il courait de tous côtés, l'air absorbé, secouant sa rouge crête de cheveux, et donnant des réponses brèves et impatientes. C'est cette attitude, durant ces trois jours-là, qui provoqua l'irritation de la fille de Druce. Naturellement, il avait une opinion personnelle. Mais c'était le genre d'hypothèse que l'on aurait trouvé dans un livre et, dans un livre, cela nous aurait paru plus drôle, moins ennuyeux.

– Quelle était cette hypothèse ? interrogea l'autre.

– Oh ! elle était fort ingénieuse, rétorqua Fiennes d'un air sombre. On en aurait fait de la magnifique copie, si l'on avait pu la soutenir pendant dix minutes. Floyd affirmait que le colonel était encore en vie lorsqu'on le découvrit dans le kiosque et que le docteur le tua alors, avec un instrument chirurgical, sous prétexte de couper ses vêtements.

– Je vois… reprit le prêtre. Le colonel était étendu sans doute, étendu à plat sur la figure, sur la terre battue, position recommandée pour la sieste…

– C'est extraordinaire ce qu'un homme affairé peut obtenir ! Je crois que Floyd aurait réussi à faire admettre son hypothèse dans les journaux, et peut-être aurait-on même arrêté le docteur ; mais tout ceci fut jeté à tous les vents, comme par une explosion de dynamite, lorsqu'on découvrit ce cadavre, gisant sous le Roc de la Chance. Et nous revenons à lui, après tout. Je pense que le suicide est une sorte de confession, mais personne ne saura jamais l'histoire véritable du drame. »

Il y eut un silence, puis le prêtre déclara, avec modestie :

« Je crois connaître la véritable histoire. »

Floyd sursauta :

1. ***Titanique*** : digne d'un titan, géant de la mythologie grecque.

« Dites donc ! Comment cela se fait-il ? Comment pouvez-vous affirmer cela ? Vous êtes demeuré ici, à des centaines de miles, écrivant un sermon. Entendez-vous me signifier que vous êtes au courant de ce qui a pu se passer ? Si vous tenez déjà la conclusion, où est le commencement de votre récit ? »

Le père Brown sursauta, montra une indignation fort anormale, et sa première exclamation ressembla à une explosion :

« Le chien, s'écria-t-il, c'est le chien ! Tout simplement. Vous aviez en mains la clef de l'histoire avec l'attitude du chien sur la plage, si vous aviez seulement su observer, convenablement, cet animal. »

Fiennes était de plus en plus ahuri.

« Mais vous venez de me déclarer que mes soupçons n'avaient aucun fondement et que le chien n'était pour rien dans tout ceci.

– Le chien avait une grande importance, affirma le père Brown, et vous vous en seriez aperçu, si vous l'aviez considéré comme un chien et non comme le Dieu Souverain jugeant les âmes des hommes. »

Il s'arrêta, embarrassé, pendant quelques secondes, puis continua avec une expression d'excuse touchante :

« La vérité, c'est que j'aime infiniment les chiens, et il m'a semblé que, grâce à cette lugubre auréole de superstition dont on avait entouré le chien, personne ne pensait vraiment au pauvre animal. Prenons d'abord un léger détail : son aboiement contre le notaire ou son grondement contre le secrétaire. Vous vous êtes demandé comment il m'est possible de deviner ce qui se passe à cent miles de distance ; mais, je l'avoue honnêtement, et cela vous fait honneur : vous décrivez si bien les gens que je reconnais leurs types. Un homme tel que Traill, généralement morose, qui se met brusquement à sourire, un homme qui a constamment besoin de tripoter des objets et qui, particulièrement, porte sans cesse ses doigts à la gorge, cet homme est un nerveux, facilement embarrassé. Je ne serais pas étonné que Floyd, le fidèle secrétaire, soit un émotif aussi. C'est souvent le cas de ces

Yankees[1] affairés. S'il n'en avait pas été ainsi, il ne se serait pas coupé les doigts avec ses ciseaux et ne les aurait pas laissé tomber, lorsqu'il entendit le cri de Janet Druce.

« Il faut dire aussi que tout chien a horreur des gens nerveux. Je ne sais si leur nervosité se communique à l'animal, ou, si n'étant qu'une bête après tout, il fait le matamore[2], ou si sa vanité canine (qui est énorme) est simplement offensée qu'il ne soit pas apprécié : toujours est-il qu'il n'y avait rien à reprendre à la façon dont ce pauvre Nox s'est comporté envers ces gens. Ce que l'on peut dire, c'est qu'il les détestait, parce qu'ils avaient peur de lui. Je sais que vous êtes extrêmement intelligent et nulle personne, ayant tout son bon sens, ne peut railler l'intelligence ; mais je me figure que vous êtes trop intellectuel pour bien comprendre les animaux, parfois même les hommes, surtout lorsqu'ils se conduisent aussi simplement que des animaux.

« Les animaux sont peu compliqués, ils vivent dans un monde de vérité évidente. Par exemple : un chien aboie après un homme, mais l'homme se sauve lorsqu'il voit le chien. Vous, vous n'êtes pas assez simple pour saisir ce qui se passe : que le chien a aboyé parce qu'il n'aimait pas l'homme et que l'homme s'est enfui parce qu'il avait peur du chien. Ils n'avaient pas d'autre mobile et n'en avaient pas besoin. Mais vous voyez là, sans doute, une énigme psychologique ; vous attribuez au chien une vision supranormale et vous supposez qu'il est le mystérieux messager du destin.

« Il vous faut comprendre que l'homme fuyait non pas le chien, mais le bourreau. Et cependant, si vous y réfléchissiez bien, toute cette psychologie profonde est extrêmement peu probable. Si le chien pouvait réellement et consciemment reconnaître le meurtrier de son maître, il ne serait pas resté ainsi à aboyer comme il l'aurait fait après un curé, dans une réception. Il est bien plus probable

1. ***Yankees*** : surnom familier donné aux Américains.

2. ***Matamore*** : personnage de comédie qui est vantard, faussement courageux.

qu'il lui aurait sauté à la gorge. D'un autre côté, croyez-vous qu'un homme au cœur assez endurci pour assassiner froidement un vieil ami et aller ensuite se promener en souriant avec les parents de ce vieillard, sous les yeux mêmes de sa fille et de son docteur *in extremis* – croyez-vous qu'un tel homme se plierait en deux, sous le poids du remords, parce qu'un chien aboie ? Il sentirait peut-être l'ironie tragique de cet acte et aurait l'âme un peu secouée – comme par n'importe quelle autre tragique bagatelle –, mais il ne se précipiterait pas follement, le long du jardin, pour échapper au seul témoin qu'il sait incapable de parler. Les gens sont ainsi pris de panique, lorsqu'ils sont effrayés, non par une ironie dramatique, mais par des molaires menaçantes. Tout cela est beaucoup plus simple que vous ne sauriez le concevoir !

« Mais, sur la grève, les faits se compliquent. Ainsi que vous l'avez constaté, ils sont, en effet, déroutants. Je n'ai pas compris pourquoi le chien entrait et sortait ainsi constamment de l'eau, cela ne paraît pas être une idée de chien. Si Nox avait été vraiment bouleversé par autre chose, il aurait plutôt refusé de repêcher la canne. Il aurait continué à aller flairer dans la direction quelconque, où il supposait un malheur. Mais, lorsqu'un chien se met à la poursuite d'un objet, pierre, canne ou lapin, je sais par expérience qu'il ne sera arrêté dans ses recherches que par l'ordre le plus péremptoire, et encore cela n'est pas certain ! Mais qu'il retourne en arrière, parce que son humeur a changé, cela n'est pas possible.

– C'est ce qu'il a fait pourtant, insista Fiennes. Il est revenu sans la canne.

– Ce fut pour la meilleure raison du monde, répliqua le prêtre. Il revint parce qu'il n'avait pas pu retrouver cette canne. Voilà pour un chien un motif suffisant de se lamenter ! C'est un animal diablement conformiste[1] ! Il est aussi exigeant, pour la routine précise d'un jeu, que le serait un enfant pour la répétition exacte

1. ***Conformiste*** : qui n'aime pas les changements.

d'un conte de fées. Dans le cas qui nous occupe, le jeu a été manqué et le chien est revenu se plaindre de la conduite de la canne à son égard. Jamais on n'avait vu cela auparavant ! Jamais un chien éminent et distingué n'avait été ainsi traité par une sale vieille canne !

– Comment ? Quel crime avait donc commis cette canne ? interrogea le jeune homme.

– Elle s'était enfoncée dans l'eau », expliqua le père Brown.

Fiennes ne répliqua pas, mais resta les yeux fixes et ce fut le prêtre qui reprit :

« La canne s'était enfoncée, parce qu'elle n'était pas une canne ordinaire, mais une tige d'acier – recouverte d'une très mince épaisseur de bambou –, pourvue d'un plomb acéré. Je présume que jamais meurtrier ne s'est débarrassé d'une arme sanglante de façon aussi étrange et aussi naturelle, qu'en la jetant à la mer en se donnant l'air d'amuser un épagneul.

– Je commence à comprendre où vous voulez en venir, concéda Fiennes ; mais si l'arme inutilement recherchée était une canne-épée, cela ne m'explique pas comment elle fut utilisée.

– Je l'avais en quelque sorte deviné, dès le début, avoua le père Brown, lorsque vous avez parlé d'un kiosque, et mes soupçons se sont précisés lorsque vous avez décrit le veston blanc que portait Druce. Mais, comme tout le monde parlait d'un poignard, personne n'a envisagé cette hypothèse. Si nous admettons à présent l'existence d'une longue lame pareille à une rapière [1], tout s'éclaire. »

Il se renversait, afin de regarder le plafond, et sembla reprendre ses premières conjectures pour s'en servir comme de base.

« Toutes les discussions qui ont inspiré les romans de détectives – tel celui de *La Chambre jaune* [2], au sujet d'un individu trouvé

---

1. ***Rapière*** : épée longue et effilée.
2. ***Le Mystère de la chambre jaune*** (1907) : roman policier de l'écrivain français Gaston Leroux (1868-1927).

mort dans une pièce scellée où personne ne pouvait entrer – ne s'appliquent pas au cas actuel, parce qu'il s'agit d'un kiosque. Lorsque nous parlons d'une chambre jaune, ou d'une pièce quelconque, nous pensons à des murs vraiment homogènes et impénétrables. Mais un kiosque n'est pas construit ainsi ; il est souvent fait – comme c'est le cas pour celui qui nous intéresse – de branches et de bouts de bois entrelacés, mais bien distincts les uns des autres, entre lesquels il se trouve des fissures, par-ci par-là. Il y en avait justement une, derrière le dos de Druce, comme il était assis dans son fauteuil, appuyé au mur. La pièce étant un kiosque, elle était meublée de fauteuils d'osier, c'est-à-dire faits de treillis percé de trous. De plus, le kiosque était situé tout contre la haie, et vous m'avez indiqué que cette haie était fort peu épaisse ; donc, un homme se tenant de l'autre côté pouvait distinguer aisément – parmi un entrelacs de touffes vertes, de morceaux de bois et de bambou – une tache blanche aussi visible que celle du veston du colonel.

« Au point de vue topographique, vous nous avez laissés un peu dans le vague ; mais il n'est pas difficile d'additionner deux et deux. Vous avez raconté que le Roc de la Chance n'était pas vraiment élevé, mais vous avez ajouté qu'on pouvait l'apercevoir dominant le jardin, comme un pic montagneux. En d'autres termes, il n'était guère éloigné de l'extrémité du jardin, bien que votre promenade vous ait fait faire un long détour avant de l'atteindre. Ainsi, il n'est guère probable, non plus, que la jeune fille cria de façon à être entendue à un demi-mile de distance. Elle a dû émettre un appel involontaire, très ordinaire, que vous avez cependant perçu de la grève. Et, parmi tous les faits intéressants que vous m'avez narrés, puis-je vous rappeler que vous avez mentionné celui de Harry Druce, resté en arrière pour allumer sa pipe sous la haie ? »

Fiennes frissonna légèrement.

« Vous voulez dire que là, il tira sa lame et la dirigea à travers la haie, vers la tache blanche. Mais c'était bien chanceux et aussi bien soudainement décidé. De plus, il n'avait aucune certitude que la fortune du vieillard lui avait été laissée, puisque, en fait, cela n'était pas. »

Le visage du père Brown s'anima.

« Vous vous méprenez sur le caractère de ce jeune homme, affirma-t-il, comme s'il l'avait lui-même connu toute sa vie. C'est un type curieux, mais il n'est pas unique. S'il avait eu l'assurance d'avoir l'héritage, je suis certain qu'il n'aurait pas commis ce forfait. Il en aurait compris toute la noirceur.

– N'est-ce pas paradoxal ? interrogea son interlocuteur.

– Cet homme était un joueur, continua le prêtre. Il était en disgrâce pour avoir couru des risques et devancé des ordres. Il s'agissait probablement d'actes peu scrupuleux, car la police de l'Empire [1] a plus de ressemblance avec la police secrète russe qu'il ne me plaît de le penser. L'homme avait dépassé la limite et il avait échoué. Vous n'ignorez pas que ce qui tente le plus ce genre d'individu, c'est de commettre une folie, pour se délecter plus tard au souvenir de ce risque encouru. Cet homme veut pouvoir se dire : "Nul autre que moi n'aurait su saisir cette chance, profiter de ce moment unique ! Quelle folle et splendide conjecture [2], si j'ose rapprocher tous les faits les uns des autres : Donald en disgrâce, le notaire qu'on avait envoyé chercher ainsi qu'Herbert et moi-même. Rien de plus, ensuite, que le sourire forcé du vieillard lorsqu'il me serra la main. N'importe qui soutiendrait qu'il était insensé de courir ce risque ; mais c'est ainsi que les fortunes sont faites par l'homme assez fou pour avoir quelque prescience [3] de l'avenir."

« En somme, vous le voyez, il a été mû par la vanité de la divination. C'est la mégalomanie [4] du joueur. Plus la coïncidence

---

1. ***L'Empire*** : l'Angleterre, à l'époque, grâce à ses colonies, est un empire.
2. ***Conjecture*** : hypothèse, supposition.
3. ***Prescience*** : divination, prémonition.
4. ***Mégalomanie*** : orgueil démesuré.

est insolite, plus rapide la décision à prendre, plus il est probable qu'il saisira l'occasion. L'accident fortuit, le fait minime de la tache blanche et du trou dans la haie intoxiquèrent notre joueur comme s'il avait eu une vision du désir universel. Celui qui fut assez heureux pour saisir un tel concours de circonstances n'aurait-il pas été un sot de ne savoir en profiter ? C'est ainsi que le démon parle au joueur ! Mais le diable en personne n'aurait pu inciter ce misérable à s'en aller tout bonnement, d'un pas délibéré, tuer un vieillard, dont il avait toujours espéré tirer quelque argent. Cela aurait été trop net. »

Le père Brown s'arrêta un instant, puis poursuivit avec une sombre emphase[1] :

« Et maintenant, tâchez de reconstituer la scène même telle que vous l'avez vue : représentez-vous le jeune homme, comme il était là, ébloui par cette occasion diabolique. En levant la tête, il voit cet étrange profil – qui aurait pu être l'image de son âme chancelante –, celui de l'unique et grand rocher, posé périlleusement sur l'autre, telle une pyramide sur sa pointe. Il se souvient qu'on l'appelle le Roc de la Chance ! Devinez-vous comment cet homme, à cet instant, interpréta ce signal ?

« Je crois qu'il se sentit encouragé à l'action et aussi à la vigilance. Celui qui voudrait être une tour ne doit pas craindre qu'elle croule. Bref, il agit. La difficulté suivante fut de dissimuler ses traces. Risquer d'être trouvé porteur d'une canne-épée, surtout maculée de sang, serait fatal au moment de l'enquête, qui allait sûrement suivre. S'il abandonnait cette canne dans un lieu quelconque, elle ne saurait passer inaperçue et elle servirait de preuve. Même s'il la jetait à la mer, le geste serait observé et jugé significatif, à moins de découvrir un moyen naturel de dissimuler cet acte. Comme vous le savez, il trouva le moyen, et c'était le bon ! De plus, comme il était le seul parmi vous qui avait une montre, il vous assura qu'il n'était pas encore l'heure de rentrer. Il marcha

1. ***Emphase*** : manière exagérée de s'exprimer.

un peu plus loin, et se mit à jouer avec l'épagneul, lui jetant des bâtons dans l'eau. Comme son regard était sombre, lorsqu'il le promenait sur cette grève désolée, et comme il s'est brusquement éclairé à la vue de l'animal ! »

Fiennes acquiesça de la tête, regardant rêveusement dans l'espace. Son esprit semblait s'être reporté en arrière, vers une partie moins évidente du récit.

« Après tout, remarqua-t-il, il est singulier que le chien ait joué un rôle dans l'affaire.

– Le chien aurait presque pu vous faire lui-même ce récit, repartit le prêtre. Le seul reproche que je vous adresse, c'est d'avoir forgé sa propre histoire et de lui avoir prêté le langage des hommes et des anges. Cela fait partie d'un état d'esprit fort répandu dans le monde qui me frappe de plus en plus, et qui se décèle dans les rumeurs, les mots surpris dans les conversations. Les gens admettent volontiers toutes sortes d'assertions sans fondements. Cela submerge tout le rationalisme. Le scepticisme de jadis déferle comme une mer et porte le nom de superstition. »

Le père Brown se leva brusquement, le visage attristé par une sorte de contrainte, et il poursuivit comme s'il était seul.

« Voilà la première conséquence de la négation de Dieu ; vous perdez votre sens commun et ne pouvez plus voir les choses telles qu'elles sont. Une idée quelconque, dont tout le monde parle, et que tout le monde vante, s'étend indéfiniment comme une perspective dans un cauchemar. Et le chien devient un présage, le chat un mystère, le cochon une mascotte ; on baptise le hanneton scarabée, car on appelle à la rescousse toute la ménagerie du polythéisme [1] de l'Égypte et de l'Inde antique : le chien Anubis, le grand Pasht aux yeux verts et tous les taureaux sacrés et hurlants de Bashan ; on retourne en arrière vers les divinités animales des origines qui s'enfuyaient sous la forme d'éléphants, de

1. ***Polythéisme*** : religion qui comporte plusieurs dieux.

serpents et de crocodiles. Tout cela parce que vous avez peur de quatre mots : “Il fut fait homme.”»

Le jeune homme se leva, légèrement embarrassé, presque comme s’il venait d’entendre, involontairement, une confession. Il quitta la pièce sur un adieu timide, mais cordial, en appelant son chien. Il lui fallut le rappeler deux fois, car l’animal était resté quelques instants en arrière, immobile, les yeux fixes, regardant le père Brown, comme le loup, jadis, avait dû contempler saint François [1].

Traduit par F. Maury et Y. André,

1. Allusion à un épisode de la vie de saint François d’Assise : tandis qu’un loup terrorisait la petite ville italienne de Gubbio, le saint alla trouver l’animal et réussit à le convaincre de ne plus attaquer les habitants.

Le Mort dans l'ascenseur

(S.A. Steeman, 1908-1970)

L'inspecteur Wens

Le belge S.A. Steeman est l'un des fondateurs du roman policier de langue française avec P. Véry et G. Simenon. Journaliste, il commence par écrire un feuilleton divertissant, *Le Mystère du zoo d'Anvers*, puis un récit policier, *Le Treizième Coup de minuit* (1928). En 1930, il obtient le grand prix du roman d'aventures avec *Six Hommes morts*, dans lequel apparaît pour la première fois l'inspecteur Wens. Il atteint le sommet de son art avec *L'assassin habite au 21* et *Légitime Défense*. L'inspecteur Wens apparaît au total dans douze romans et huit nouvelles.

Steeman est un novateur qui sort des sentiers battus et privilégie le climat et l'insolite. Pour lui, le roman policier est la version moderne du conte de fées : « Les romans policiers sont à la fois les derniers contes de fées et les derniers romans de chevalerie [...]. Rien n'est impossible au sympathique détective ; c'est lui qui détient la dernière baguette magique dont il fera usage pour sauver l'ingénue d'un sort affreux et confondre le criminel [1]. »

Ses personnages sont des gens ordinaires, presque réels : observateur amusé et lucide, Steeman s'inspire des personnes qu'il connaît,

1. A.P. Duchâteau et S.A. Steeman, *L'écrivain habite au 21*, Quorum Ottignies, 1998, p. 49.

par exemple les habitants d'un immeuble. Puis il fait s'entrecroiser les destins. Le meurtre est un déclencheur qui libère les tensions contenues dans ce petit monde. C'est un jeu de masques : qui est qui ? Si ses récits se rapprochent par ailleurs du conte fantastique, c'est que Steeman est un inventeur d'énigmes impossibles, qui se déroulent souvent dans un lieu clos. Les décors réalistes sont ceux de son époque, mais il accumule les détails inattendus. Le ton de ces récits oscille entre le fantastique et le burlesque.

Grand technicien du rythme, il distille les éléments au fil du récit jusqu'à la chute finale et entretient l'ambiguïté des personnages et des situations. Le lecteur se voit désigner des détails qu'il est invité à traiter en indices : il se retrouve dans la situation du détective.

L'inspecteur Wens, alias Wenceslas Vorobeïtchik, est un personnage raffiné et perspicace, caractérisé par sa haute taille, sa calvitie naissante et des lunettes dont il use parfois comme de lorgnons ; d'abord policier, il devient investigateur privé. Ce personnage pittoresque et mystérieux, épris de justice, est le héros d'une série d'exploits. Mais au lieu de faire mourir son héros, Steeman a préféré transformer sa personnalité : Wens deviendra un détective cynique et désinvolte, puis un justicier omnipotent et bagarreur, chargé de commettre des crimes...

Les enquêtes de Wens connurent un succès retentissant et furent adaptées à plusieurs reprises au cinéma. G. Clouzot tourna *L'assassin habite au 21* en 1942, et *Légitime Défense* en 1946, sous le titre *Quai des Orfèvres*. Dans le film d'Henri Verneuil, *Brelan d'as* (1952), le sketch *L'Alibi de Monsieur Wens* est adapté d'un chapitre de *Six Hommes morts*, lui-même tiré de la nouvelle *Le Mort dans l'ascenseur*.

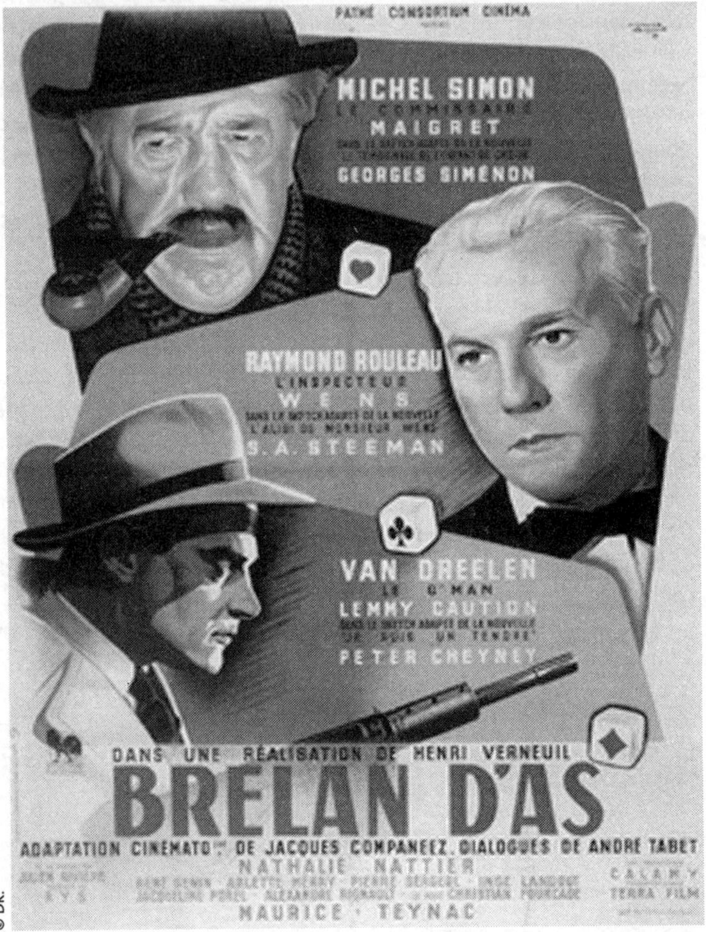

■ Ce film de 1952 est composé de trois sketches adaptés des œuvres de P. Cheyney, G. Simenon et S.A. Steeman. Il réunit trois grands héros : Lenny Caution, le commissaire Maigret et l'inspecteur Wens.

Le Mort dans l'ascenseur

(1930)

Hubert Heldinge ajouta un peu de soda à son whisky et se renversa dans son fauteuil.

« Et c'est, acheva-t-il, pour me vendre ces lettres qu'il va venir. Chantage caractérisé, comme vous voyez... Une cigarette, monsieur Vorobeïtchik ?

– Oh ! appelez-moi Wens, tout court ! répondit l'inspecteur. Vorobeïtchik, cela fait vraiment un peu trop caveau caucasien [1]... Et si votre gaillard se méfiait ?

– Il ne se méfiera pas. Je lui ai dit que je tenais la somme à sa disposition. Vous n'aurez qu'à vous glisser derrière ce paravent. Vous entendrez parfaitement sans être vu et vous pourrez ainsi le prendre sur le fait.

– Oui, oui, fit l'inspecteur, pensif, en se levant et en marchant à travers la pièce. C'est certainement le meilleur moyen. La main dans le sac. À la suite de votre plainte, je me suis muni d'un mandat d'amener [2]. Il n'y a plus qu'à mettre son nom. À des individus pareils, il ne faut pas laisser le temps de se retourner – ou alors, ils font tout le mal possible... »

Il s'arrêta et ajouta :

« Non, vraiment, je n'aurais pas pensé cela de lui. Je le croyais

1. ***Caveau caucasien*** : cabaret du Caucase (Russie).
2. ***Mandat d'amener*** : document autorisant à faire comparaître un suspect devant le juge.

d'une parfaite honorabilité… Vous avez là une bien belle panoplie[1], monsieur Heldinge. »

À ce moment la sonnerie du téléphone retentit.

« Ce doit être lui », dit Heldinge.

Il vida son verre d'un coup et, sans se presser, alla décrocher l'appareil :

« Allô !… Oui… Faites-le monter… »

Il raccrocha :

« C'est lui. Voulez-vous vous glisser là-derrière ? Je m'en vais aller à sa rencontre.

– Fort bien », dit l'inspecteur.

Il prit place derrière le paravent pendant que son hôte quittait la pièce. « Affaire sans grand intérêt », pensa-t-il. « Lettres de femmes. Menaces. Chantage… Thiénot sera salé. »

Thiénot, c'était l'intéressant personnage qui, d'une seconde à l'autre, allait entrer dans l'appartement et ne le quitterait, sans doute, qu'en état d'arrestation.

Le détective regarda encore une fois la panoplie. C'était une superbe panoplie ; toutefois, dans son ordonnance, quelque chose choquait Wens.

Il essayait de préciser son impression, lorsqu'un cri strident, désespéré, retentit…

Renversant le paravent dans sa hâte, l'inspecteur, en cinq secondes, eut atteint le palier. Il aperçut Heldinge qui, près de l'ascenseur ouvert, tenait un homme dans ses bras. La tête et les bras de cet homme pendaient et il avait un stylet[2] enfoncé dans la nuque.

« Crénom, se dit Wens, cela se corse ! »

Il s'approcha du groupe tragique :

« Thiénot, n'est-ce pas ? »

---

1. ***Panoplie*** : ensemble d'armes présentées sur un panneau mural et faisant office d'objet décoratif.

2. ***Stylet*** : poignard à lame mince et pointue.

Blême, Heldinge inclina la tête.

« Bon. Téléphonez au concierge et dites-lui de venir nous trouver ici avec deux agents.

– Mais…

– Oh ! faites ce que je vous dis ! » s'écria Wens.

Et il saisit dans ses bras le corps de Thiénot.

Subjugué [1], Heldinge rentra dans l'appartement et le détective l'entendit décrocher le récepteur.

Alors, il se pencha et coucha le corps de Thiénot sur le palier. Il le coucha face contre terre, s'agenouilla et, en se gardant d'y toucher, examina soigneusement le stylet qui avait causé la mort. La poignée d'argent, artistiquement travaillée, avait dû être garnie de pierres précieuses qu'on avait fait sauter de leurs alvéoles. Heldinge avait déclaré à l'inspecteur que Thiénot avait un complice. Était-ce ce complice qui avait fait le coup pour s'emparer des lettres et devenir le seul bénéficiaire de l'opération ?

« Dites ? fit une voix haletante. Est-ce qu'il est mort ?…

– Après un coup pareil ?… Naturellement.

– C'est… c'est une chose inouïe ! balbutia Heldinge. Co… comment est-il venu jusqu'ici ?

– Eh bien, par l'ascenseur ! dit Wens.

– Mais c'est impossible ! se récria Heldinge. Tout à fait impossible ! *Un mort ne fait pas fonctionner un ascenseur !*

– Vous avez raison… C'est assez extraordinaire… »

À ce moment, le concierge et deux agents, dont on entendait depuis une minute les pas dans l'escalier, surgirent sur le palier. Tous trois eurent un haut-le-corps en apercevant le cadavre, mais, avant qu'ils eussent eu le temps de formuler le moindre commentaire, Wens avait entraîné les agents à l'écart. Il les mit rapidement au courant de ce qui venait de se passer et leur déclina sa qualité d'inspecteur ; il exhiba même sa carte car il aimait les choses régulièrement faites. Puis il leur enjoignit de

1. ***Subjugué*** : soumis, sans possibilité de résister.

monter une surveillance discrète à la porte de l'immeuble et de n'y laisser pénétrer que les locataires des divers appartements. Il demanda également à l'un d'eux d'aller quérir un troisième agent qui aurait pour mission de venir rejoindre Wens sur le palier du second étage et d'y monter la garde.

L'inspecteur s'approcha du portier :

« Ne craignez rien… et dites-moi comment cet homme est entré ici. »

Le portier se recueillit une minute avant de répondre d'une voix mal assurée :

« Je me trouvais dans ma loge lorsque je le vis pénétrer sous le porche. J'allai à lui et il me déclara venir voir M. Heldinge. Je le conduisis aussitôt à l'ascenseur puis je rentrai dans ma loge pour annoncer son arrivée par téléphone… C'est tout.

– Voulez-vous dire que vous l'avez introduit dans l'ascenseur ?

– Oui, monsieur. Je lui en expliquai le fonctionnement, repoussai la porte extérieure et, dans ma hâte de prévenir M. Heldinge qui m'avait dit attendre ce monsieur, je lui laissai le soin de fermer lui-même la porte intérieure…

– La lui avez-vous vu refermer ?

– Non, monsieur. L'ascenseur était toujours au rez-de-chaussée lorsque je quittai M. Thiénot et, en pénétrant dans ma loge, je n'avais pas encore entendu le bruit caractéristique de la montée.

– Vous ne vous êtes pas retourné ?

– Non, monsieur. Dans ma hâte bien compréhensible…

– Ça va. Vous n'avez rien entendu, non plus ?

– Non, monsieur… C'est-à-dire que j'ai entendu le bruit de la porte intérieure qui se fermait. Rien d'autre.

– Expliquez-moi le fonctionnement de cet ascenseur, dit Wens. Et vous, monsieur Heldinge, avertissez donc le Parquet [1]

1. ***Le Parquet*** : les juges.

par téléphone. Dites-moi, d'abord... Il y a bien deux entrées à cette maison et celle de derrière demeure ouverte toute la journée, sans surveillance ? Bon. Cette dernière, je crois, se trouve située près de l'ascenseur dont elle n'est séparée que par quelques marches de pierre ? De mieux en mieux. Alors, vous, répondez-moi... Comment fonctionne cet ascenseur ?

– Comme tous les ascenseurs, monsieur. Il y a un bouton pour chaque étage et...

– Tous les ascenseurs ne fonctionnent pas de la même manière. Il ne marche, naturellement, que les deux portes une fois fermées ?

– Naturellement, répondit le portier.

– Et il s'arrête aussitôt que l'on ouvre une de ces deux portes ? C'est-à-dire que la personne qui s'y trouve peut, en ouvrant la porte intérieure, s'arrêter, s'il lui plaît, entre deux étages ?

– Oui, monsieur.

– On peut, par conséquent, l'arrêter également de l'extérieur en ouvrant la porte du rez-de-chaussée ou d'un des étages ?

– Oui, monsieur.

– Peut-on appeler soi-même l'ascenseur des étages supérieurs, ou d'en bas, s'il se trouve en haut ?

– Certainement, monsieur. Il n'y a pas de "liftman [1]" et... »

Wens fronça les sourcils :

« Faites attention à la question que je vais vous poser... Est-il possible, les deux portes de l'ascenseur fermées – c'est-à-dire une fois l'ascenseur en ordre de marche –, de glisser la main à l'intérieur, d'atteindre le tableau de commande, de faire monter l'ascenseur et de retirer la main suffisamment vite pour qu'elle ne soit pas broyée ?

– C'est impossible, monsieur. Les portes fermées, le tableau est hors de portée.

---

1. ***Liftman*** : terme anglais désignant le garçon d'ascenseur chargé de manœuvrer l'appareil.

– Naturellement, dit Wens, vous n'avez vu entrer personne d'autre que M. Thiénot ? Ni un peu avant, ni un peu après ?

– Non, monsieur. Mais quelqu'un aurait pu s'introduire dans la maison par la porte de derrière.

– Évidemment », dit Wens.

Que l'assassin de Thiénot se fût introduit par cette porte et se fût caché dans l'escalier de pierre, c'était plus que probable. Mais ensuite ?...

L'inspecteur s'adressa au portier :

« Vous dites que, en regagnant votre loge, vous avez entendu le bruit de la porte intérieure de l'ascenseur qui se fermait ? Mais est-ce que cela ne pouvait pas être *la porte extérieure que l'on ouvrait* ? »

Le portier se gratta la nuque et réfléchit un instant avant de répondre :

« Oh ! bien si, monsieur. Cela aurait fait le même bruit, ou à peu près...

– Bon », dit Wens.

Il tira un étui d'argent de sa poche, alluma une cigarette et se mit à fumer, absorbé dans ses réflexions. Heldinge et le portier, immobiles à ses côtés, respectaient sa méditation. Il y eut encore une fois des pas dans l'escalier, des pas rapides, et plusieurs hommes surgirent sur le palier. Il y avait là le juge d'instruction, le substitut du procureur du roi[1], un médecin, un photographe, et un cinquième personnage insignifiant, le greffier[2] sans doute. L'inspecteur mit rapidement les nouveaux venus au courant de la situation et conclut :

« Cela n'a vraiment pu se passer que de cette façon... Le meurtrier est entré par la porte de derrière ; il s'est alors tenu

1. ***Le substitut du procureur du roi*** : personne qui assiste ou remplace le procureur, chargé de représenter la justice dans une affaire. L'histoire se déroule en Belgique, qui est une monarchie, et le magistrat est donc procureur du roi.
2. ***Greffier*** : celui qui est chargé de noter tous les éléments d'un dossier.

coi[1] dans le petit escalier de pierre jusqu'à ce que Thiénot eut pénétré dans l'ascenseur, jusqu'à ce que le portier eût refermé la porte extérieure et se fût éloigné de quelques pas. Il est alors sorti de sa cachette...

– Croyez-vous ? fit le juge d'instruction. Quelle audace n'aurait-il pas fallu à cet homme pour...

– Tout nous prouve, interrompit Wens, que c'est un homme d'audace. Surpris par le portier, le meurtrier en eût été quitte pour décliner une quelconque identité, déclarer être entré par la porte de derrière et témoigner de son désir de rendre visite à un locataire d'un des étages supérieurs. Il ne fut pas obligé d'en arriver là et réussit à se faire ouvrir la porte extérieure par Thiénot, en usant de quelque prétexte, à moins qu'il ne l'ouvrît lui-même tout naturellement, sans que Thiénot pensât à s'étonner qu'une autre personne voulût monter également... Voici donc notre homme à l'intérieur. Il a sans doute son stylet dans sa manche. Détourner une seconde l'attention de la victime, la frapper d'un coup foudroyant, jeu d'enfant... »

Les yeux dans le vide, sa cigarette au coin de la lèvre, Wens ne parlait plus pour ses interlocuteurs. Il se parlait à lui-même, pensant tout haut.

Il dit : « jeu d'enfant » et releva la tête. Il semblait sortir d'un rêve.

« Et puis... ? fit-il. L'assassin n'a pas pu tuer autrement, mais comment ce mort est-il monté jusqu'ici ?...

– Oui, comment ? s'écria Heldinge. Lorsque l'ascenseur a atteint le palier, Thiénot était assis sur la banquette du fond, la tête appuyée à la paroi, le chapeau enfoncé sur les yeux...

– Crénom ! jura Wens. Comment ce cadavre ?... Monsieur Heldinge, il va vous falloir mimer cette scène, votre sortie de l'appartement, votre découverte du corps de Thiénot...

– Volontiers », dit Heldinge.

1. ***Coi*** : silencieux, muet.

Il rentra dans le salon et en referma la porte sur lui.

« Allez-y ! » cria Wens.

Heldinge ouvrit la porte du salon et s'élança sur le palier. À trois mètres de la cage de l'ascenseur, il s'arrêta un instant, regardant cette cage. Puis il alla rapidement à l'ascenseur et fit le simulacre [1] d'ouvrir la porte extérieure, la porte intérieure, pénétra dans l'ascenseur, se pencha vers le coin de la banquette…

« Arrêtez ! fit vivement Wens. Lorsque vous avez ouvert la porte, l'ascenseur avait complètement atteint le niveau du palier, n'est-ce pas ? »

En prononçant ces mots, il s'avança jusqu'à l'ascenseur, se baissa et examina le rapport entre le plancher de l'ascenseur et le palier.

« Non, dit-il, il n'était pas de niveau.

– Non, fit à son tour Heldinge. Dans ma hâte de me mesurer avec Thiénot, inquiet aussi de son attitude, j'ai ouvert la porte extérieure avant que l'ascenseur soit complètement arrêté…

– Nous y voilà, enregistra l'inspecteur avec une évidente satisfaction. C'est *vous* qui avez arrêté l'ascenseur. *Il ne s'est pas arrêté tout seul* !

– Mais cela ne change rien à rien ! s'écria Heldinge.

– Cela change tout », dit Wens.

Heldinge se permit un léger haussement d'épaules :

« J'ai peut-être arrêté l'ascenseur. Mais ce n'est tout de même pas moi qui l'ai fait monter, n'est-ce pas ? Expliquez-nous donc comment on l'a fait monter !…

– Cela sera fait dans cinq minutes, répondit Wens, si vous consentez tous à recommencer la scène de tout à l'heure. »

Il se tourna vers les membres du Parquet qui l'écoutaient avec intérêt :

« Quoi que vous voyiez pendant les cinq minutes qui vont suivre, messieurs, ne bougez pas d'ici. Vous… »

---

1. ***Simulacre*** : feinte, imitation.

Il s'adressait au portier :

« Vous allez descendre avec moi... et monsieur, s'il le veut bien, jouera le rôle de la victime... »

Il désigna l'insignifiant greffier.

« Vous enfin, dit-il en s'adressant à Heldinge, vous allez regagner le salon, attendre le coup de téléphone du portier et vous appliquer à refaire exactement tous les gestes que vous avez faits, depuis l'instant où vous avez entendu cette sonnerie... Vous n'aviez pas mis beaucoup de précipitation à décrocher le récepteur : n'en mettez pas davantage maintenant. »

Wens referma les portes de l'ascenseur et gagna le rez-de-chaussée avec le greffier et le portier. Il appela alors l'ascenseur, y fit entrer le premier et ordonna au second :

« Allez téléphoner à M. Heldinge. »

L'homme s'éloigna sans se retourner.

Sitôt qu'il eut pénétré dans sa loge, l'inspecteur referma rapidement les deux portes de l'ascenseur en disant au petit greffier :

« Vous voilà tué, mon cher... »

À peu près au même instant, Heldinge entendait résonner la sonnerie du téléphone. Lorsqu'il arriva sur le palier, il entendit, comme la première fois, le bruit de l'ascenseur qui montait. Puis il l'aperçut progressivement et, à l'intérieur, assis sur la banquette du fond, le greffier qui roulait des yeux effarés. Heldinge s'avança et ouvrit la porte extérieure, puis la porte intérieure...

« Où est l'inspecteur ? demanda-t-il.

– Ici ! » cria une voix.

Heldinge se retourna, stupéfait : l'inspecteur descendait tranquillement du troisième étage.

« Comprenez-vous, maintenant ? dit-il lorsqu'il eut atteint le palier. L'assassin n'a pas fait monter l'ascenseur du rez-de-chaussée : *il l'a appelé du troisième étage...* »

Il ajouta, après un temps :

« Ou, s'il a encore été plus rapide que moi, du quatrième

étage… Oh ! il a admirablement combiné son coup. C'est un homme de génie. »

Il ralluma le bout de cigarette qui n'avait pas quitté ses lèvres.

« Résumons, dit-il. L'assassin se trouve dans l'escalier qui mène de la porte de derrière au vestibule. Thiénot dans l'ascenseur, le portier éloigné, il fait son coup. Et c'est ici que cela devient particulièrement intéressant… L'assassin sort de l'ascenseur, en referme les portes. La machine est en ordre de marche. Dans sa loge, le portier décroche le récepteur. Alors, notre homme s'élance dans l'escalier, il le gravit quatre à quatre et atteint sans doute le palier du second étage dans le même temps que vous, Heldinge, arrivez au bout de votre communication téléphonique. Il gagne avec la même célérité[1] le troisième étage – ou, qui sait ? le quatrième – et, de là, appelle l'ascenseur contenant le cadavre de Thiénot. Mais l'ascenseur n'ira pas jusqu'au troisième – ou jusqu'au quatrième – *puisque vous l'arrêtez au passage…*

– C'est fort compliqué, dit le juge d'instruction.

– Cela vous paraît tel parce qu'il me faut vous l'expliquer. Mais vous avez vu que la pratique donnait d'excellents résultats, si j'ose m'exprimer ainsi… »

Il y eut un long silence. Enfin, le substitut, qui n'avait encore soufflé mot, fit un pas en avant. Il nourrissait une profonde admiration pour les talents de l'inspecteur.

« Pensez-vous réellement, demanda-t-il, que les choses se sont passées de cette façon ?… »

Alors, Wens sourit et fit cette surprenante réponse :

« Je suis convaincu qu'elles se sont passées autrement… Mais elles auraient pu se passer comme je l'ai dit. »

Son sourire s'accentua :

« M. Heldinge, lui, est seul à savoir – du moins, il le croit – comment et par qui M. Thiénot a été tué.

---

1. ***Célérité*** : rapidité.

– Que voulez-vous dire ? » fit Heldinge.

L'inspecteur fourra ses mains au plus profond de ses poches.

« Vous avez, répondit-il, une nature d'artiste. Je suis désolé pour vous que vous ayez commis une faute de goût… »

Heldinge haussa les épaules :

« Ne voulez-vous pas vous expliquer plus clairement ?…

– Certainement, dit Wens. Et, pendant ce temps, M. le Juge me fera le plaisir de remplir le mandat en blanc que j'avais apporté. Il voudra bien le remplir au nom de M. Heldinge. »

Ce dernier devint livide.

« C'est une bonne plaisanterie, je suppose ? interrogea-t-il d'une voix tremblante.

– Non point, répondit Wens. Ce qui vous perd, je vous le répète, c'est une simple faute de goût. Vous possédez une remarquable panoplie d'armes anciennes. Ce stylet y a sa place toute désignée… Ne bougez pas ! Mon browning [1] se trouve dans la poche de mon veston, prêt à partir… Non, réellement, la sagaie [2], par quoi vous avez remplacé ce stylet, détonne dans l'ensemble des armes anciennes, et toutes européennes, qui composent votre panoplie. Cela a tout de suite choqué mon sens esthétique. Avant de me rendre à votre invitation, je savais, d'autre part, que vous vous trouviez dans un précaire état de fortune, alors que M. Thiénot possède de fort beaux revenus et une maîtresse charmante. Le manche de ce stylet, privé de ses pierres précieuses, en dira plus long là-dessus qu'un exposé détaillé. C'est vous, mon cher monsieur, qui avez voulu faire *chanter* votre victime. Mais comme elle parlait de vous dénoncer, vous vous êtes décidé à lui régler son compte. Croyez que j'admire beaucoup votre adresse. Tuer votre ennemi dans l'ombre ? Trop dangereux ! Vous l'attirez ici après m'avoir invité à assister à l'entrevue qui, vous le savez, n'aura pas lieu. Vous renversez les rôles. Un inspecteur de

1. ***Browning*** : marque de pistolet.
2. ***Sagaie*** : lance des tribus primitives.

police ! Où trouver plus éclatant témoin de votre innocence ? Et, pendant que je me morfonds derrière un paravent, vous allez au-devant de Thiénot, monté vivant par ses propres moyens, et vous le poignardez proprement… Une cigarette, mon cher ? »

Quelques minutes plus tard, deux agents entraînaient Heldinge, menottes aux poings. Le service anthropométrique[1] révéla qu'on avait affaire à un vieux cheval de retour.

Lorsque mon ami Wens m'eut conté cette histoire, il ajouta :

« Notez bien, mon vieux, que je puis expliquer les choses d'une troisième manière. »

Mais je le priai fort civilement de s'en tenir là.

1. ***Service anthropométrique*** : service de la police qui centralise toutes les informations physiques (taille, poids, couleur des yeux, empreintes digitales, etc.) concernant les suspects et les criminels.

DOSSIER

- D’autres fins limiers...
- Menez l’enquête
- Êtes-vous un bon détective ?
- Mots croisés

■ L'acteur américain Humphrey Bogart (1899-1957) s'imposa au cinéma dans des rôles de détective privé. Il incarna des héros caustiques et désabusés (*Le Faucon maltais*, 1941 ; *Le Grand Sommeil*, 1946), mais sensibles à l'amour.

D'autres fins limiers...

Hercule POIROT et **Miss MARPLE** sont les héros de l'écrivain anglais Agatha Christie (1891-1976). Fervente lectrice des romans de Walter Scott, Dumas, Dickens, Doyle et Collins, elle se passionne pour les exploits de Rouletabille. Elle commence à écrire des nouvelles et romans en 1908. La première apparition d'Hercule Poirot date de 1920 avec *La Mystérieuse Affaire de Styles*. *Le Meurtre de Roger Ackroyd*, en 1926, lui apporte la consécration. En compagnie de son mari archéologue, elle part faire des fouilles en Égypte et publie *Le Crime de l'Orient-Express*, *Mort sur le Nil*, *Rendez-vous avec la mort* et *Meurtre en Mésopotamie*. En tout, la « déesse du crime » écrit soixante-six romans policiers, trente-deux recueils de nouvelles et deux ouvrages autobiographiques.

Voici le portrait du détective belge d'après sa créatrice : « Poirot était un petit homme d'allure extraordinaire. Bien que de petite taille, il avait un port très digne. Sa tête avait exactement la forme d'un œuf, et il la tenait toujours un peu penchée de côté. Sa moustache cirée était très raide et d'allure militaire. » La méthode de Poirot ? Faire marcher « ses petites cellules grises ».

« L'incurable victorienne » apparaît en 1928 : Miss Marple est une vieille fille aux yeux bleu de Chine qui vit dans le petit village de St Mary Mead, où elle est la reine du tricot et du bavardage. Sa méthode : la curiosité (elle écoute tout) et l'expérience, alliées à une grande mémoire.

Sam SPADE et **Philip MARLOWE** sont les détectives emblématiques du roman noir américain.

Dashiell Hammett (1894-1961) est détective dans une agence de Chicago. Blessé lors de la Première Guerre mondiale, il se met à écrire des romans policiers. *La Moisson rouge*, paru en 1927, est publié en feuilleton : vingt-sept cadavres s'accumulent sur le parcours du héros. La grande innovation de Hammett consiste en un ton plus réaliste et noir. Par-delà l'intrigue et le suspens, il donne une image frappante de l'Amérique à l'époque du gangstérisme. D'après Chandler, il a « sorti le crime du vase vénitien pour le faire tomber dans la rue ».

Le détective « privé » Sam Spade fait son entrée dans *Le Faucon maltais* en 1929, et sera incarné à l'écran par Humphrey Bogart. Hammett le décrit ainsi : « Il avait la mâchoire inférieure lourde et osseuse. Son menton saillait en V, sous le V mobile de la bouche. Ses narines se relevaient en un autre V plus petit. Seuls, ses yeux gris-jaune coupaient le visage d'une ligne horizontale. »

Raymond Chandler (1888-1959) vient d'un milieu aisé et dirige une compagnie pétrolière. Après la crise de 1929, il devient journaliste économique et décide d'écrire des romans policiers. *Le Grand Sommeil* (1939), *Adieu ma jolie*, puis *La Dame du lac* (1943) et *Fais pas ta rosière* (1949) le rendront célèbre. L'ironie et l'humour noir caractérisent le ton de ces romans qui dépeignent une époque et une société empreintes de brutalité et d'injustice.

Philip Marlowe est un grand détective, un chevalier sans armure, constamment confronté à la violence, au crime et au pouvoir de l'argent. C'est « un homme complet et un homme ordinaire, et pourtant un homme inhabituel ; désenchanté, il parcourt Los Angeles ». « En matière de psychologie, nous dit Chandler, il est perspicace, sinon il ne connaîtrait pas son boulot. » Il se refuse à gagner de l'argent malhonnêtement, et ne se laisse insulter par personne sans réagir comme il se doit, en gardant la tête froide. C'est un solitaire.

Le commissaire **MAIGRET** est le héros de Georges Simenon.

G. Simenon (1903-1989) est né en Belgique. Il est d'abord reporter à la *Gazette de Liège*, puis il s'installe à Paris en 1922. Il entame une carrière de feuilletoniste et, en 1929, il publie le premier Maigret, *Pietr le Letton*, suivi de *La Nuit du carrefour* (adapté au cinéma par Jean Renoir), *Le Chien jaune* et *La Tête d'un homme* (adapté par Jean Duvivier). Il s'oriente ensuite vers l'écriture d'œuvres plus psychologiques : *Le Voyageur de la Toussaint*, *La Veuve Couderc*. Il a écrit plus de cent romans ou nouvelles, vendus à plus de 550 millions d'exemplaires dans le monde entier. Il renouvelle le genre policier en bâtissant un univers authentique en prise directe sur la condition humaine. L'atmosphère de ses romans est poétique.

Son héros, Maigret, incarne ce nouveau style. Il est présenté ainsi dans *Pietr le Letton* : «Maigret se campa, large et pesant, les deux mains dans les poches, la pipe au coin de la bouche [...]. La charpente était plébéienne. Il était énorme et osseux.»

Menez l'enquête

L'Écharpe de soie rouge

1. La chronologie de l'histoire

- Reconstituez la soirée du crime.
- Retrouvez la date du crime.
- Reconstituez les différentes étapes depuis le crime jusqu'au dénouement.
- Remettez dans l'ordre le parcours de l'enquête de Ganimard :

a. il arrête le suspect
b. il va à la pâtisserie
c. il déjeune
d. il va voir son chef
e. il va interroger le concierge
f. il voit le corps de la victime
Ordre chronologique : ... ...

2. Les qualités et défauts de la police

- Comment est représentée la police sous les traits de Ganimard ?
- De quels moyens dispose la police pour son enquête ?
- Combien de personnes participent à l'enquête ?

3. Les indices du crime

- Quelles sont les déductions faites à partir des éléments de l'enquête ?

	par Lupin	par la police	par le juge
Pâtisserie			
Foulard			
Monocle			

	par Lupin	par la police	par le juge
Journal			
Encrier			
Arme du crime			
Corde			
Témoins			
Mobile			

4. Les personnages

- Combien y a-t-il de personnages en tout dans la nouvelle ?
- Quels sont les traits dominants du caractère de Lupin ?
- Que ressent Ganimard en face de Lupin ?
- Comparez les deux scènes d'affrontement.
- En quoi Lupin est-il un détective génial ?
- Comment se manifeste l'humour de l'auteur ?

La Crinière du lion

1. Le narrateur est :

A. Conan Doyle
B. Sherlock Holmes
C. Watson

2. L'histoire commence :

A. un matin au bord de la mer
B. le soir de la tempête
C. un dimanche à Londres

3. Stackhurst est :

A. un étudiant de Cambridge
B. un maître du collège
C. le propriétaire du domaine

4. McPherson est :

A. un grand nageur
B. un athlète
C. un cardiaque

5. McPherson retrouvé sur la plage :

A. est ivre mort
B. ne peut pas parler
C. s'est mis à crier

6. Les marques sur son corps montrent :

A. qu'il a été mordu
B. qu'il a été fouetté
C. qu'il a reçu un coup

7. Ian Murdoch :

A. est un collègue de McPherson
B. habite à la montagne
C. a un chien

8. Sur la plage, le détective trouve :

A. une serviette mouillée
B. une serviette sèche
C. des chaussures de toile

9. Anderson, le policier :

A. se promène
B. trouve un papier plié sur la plage
C. arrive avec Murdoch

10. McPherson a peut-être été tué parce que :

A. il aime Mademoiselle Bellamy
B. Murdoch aime Mademoiselle Bellamy
C. il déteste Tom Bellamy

11. Le chien sur la plage :

A. est mort de chagrin
B. a été tué
C. dormait

12. **Le policier accuse Murdoch :**

A. parce qu'il n'a pas d'alibi
B. parce qu'il a tué le chien
C. parce qu'il a essayé de s'enfuir

13. **Un coup de théâtre :**

A. Murdoch a été blessé
B. Stackhurst a été blessé
C. Murdoch a essayé de tuer Stackhurst

14. **Solution. Sherlock Holmes :**

A. trouve une crinière de lion sur la plage
B. trouve une cyanée dans l'eau
C. identifie le monstre du Sussex

L'Oracle du chien

1. **Les personnages**

Onze personnages ont un rôle dans cette histoire. Retrouvez leurs caractéristiques :

Personnages	Fonction	Éléments physiques	Éléments psychologiques
Druce			
Fiennes			
Floyd			
Traill			
Valentine			
Herbert			
Harry			
Donald			

Personnages	Fonction	Éléments physiques	Éléments psychologiques
Miss Druce			
La police			
Le père Brown			

2. Les lieux

Complétez le schéma du jardin en situant :

l'allée – la porte – la haie – le pavillon – la maison – le rocher

Indiquez où se trouvaient les témoins à l'heure du crime.

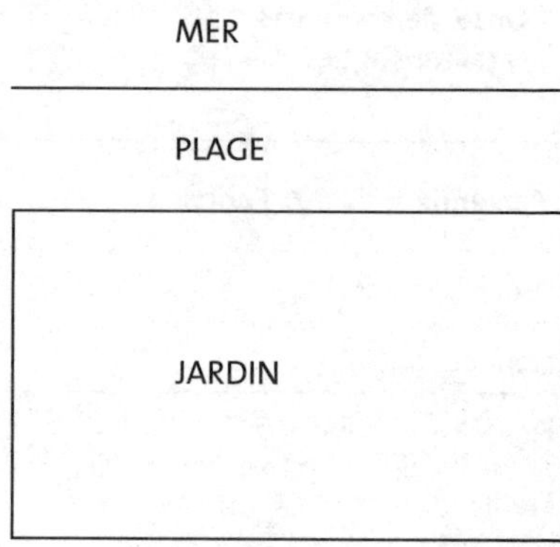

3. Les indices

L'auteur parsème son récit de taches de couleur à la manière d'un peintre. Rattachez les couleurs aux éléments :

Blanc •	
Blanche •	• Cheveux
Blanches •	• Crête
Bleues •	• Dents
Bleus •	• Épagneul
Blonds •	• Fleurs
Brun •	• Haie
Écarlate •	• Kiosque
Gris •	• Sable
Noir •	• Tache
Noirs •	• Tête
Rouge •	• Veston
Rousse •	• Vêtements
Roux •	• Yeux
Verte •	

4. L'enquête : vraies et fausses pistes

	V	F
Fiennes se promenait avec Donald et son cousin Herbert	❑	❑
Le kiosque est fermé et personne ne peut entrer	❑	❑
Traill porte une épingle ressemblant à un cyclope	❑	❑
Harry possède une montre	❑	❑
Les jeunes gens entendent le cri d'une femme	❑	❑
Le chien Nox a ramassé la canne d'Herbert	❑	❑
Le chien hurle sur la plage	❑	❑
Le chien a reconnu le meurtrier	❑	❑
Des ciseaux couverts de sang ont été retrouvés	❑	❑
Les témoins du testament sont Floyd et Valentine	❑	❑
Valentine a épousé Miss Druce pour son héritage	❑	❑
Valentine veut tuer une personne gênante	❑	❑
Valentine s'appelle en réalité le marquis de Villon	❑	❑
Harry s'est ruiné en jouant au casino	❑	❑

Êtes-vous un bon détective ?

Le Mort dans l'ascenseur

1. Les lieux du crime

- Combien y a-t-il de portes dans l'entrée de l'immeuble ?
- Combien l'ascenseur comporte-t-il de portes ?
- À quel étage s'est arrêté l'ascenseur ?
- Qui peut avoir fait monter l'ascenseur ?
- Qui peut arrêter l'ascenseur ?
- Quels sont les objets qui se trouvent dans l'appartement ?

2. La victime

- M. Thiénot est-il un homme riche ?
- Pourquoi vient-il dans cet immeuble ?
- Quelle est l'arme du crime ?
- Où retrouve-t-on le cadavre ?

3. Les suspects

- Combien de personnes participent à l'action ?
- Quel est le rôle du concierge ?
- Pourrait-il servir de complice ?
- Que sait-on de M. Heldinge ?
- En quoi y a-t-il eu renversement des rôles ?

4. L'inspecteur Wens

- Quelle est l'origine de son nom ?
- Où se cache-t-il à l'arrivée de Thiénot ?
- Combien d'hommes a-t-il à sa disposition ?
- Quelle est sa méthode pour trouver le coupable ?
- Comment devine-t-il qui est le criminel ?

Mots croisés

Après avoir rempli les grilles de mots croisés, découvrez les deux noms cachés dans les lignes grises.

1 – occit
2 – souvent à la crème
3 – problème
4 – attrape-nigaud
5 – rébus
6 – vise bien
7 – kleptomane
8 – 12 à minuit
9 – geôle
10 – métier d'Arsène Lupin
11 – titre d'Arsène Lupin

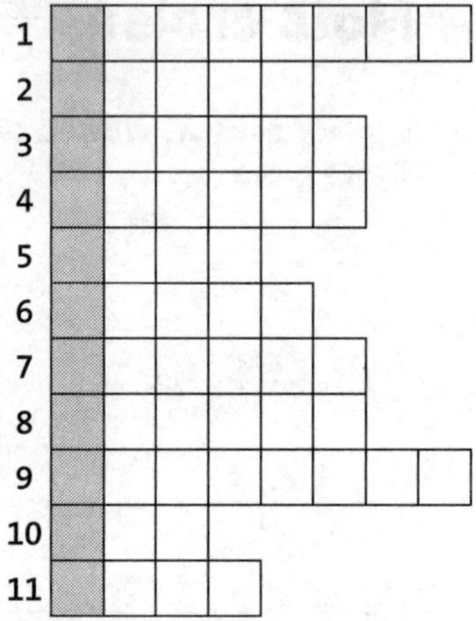

1 – homme agile
2 – la pierre n'amasse pas mousse
3 – au feu les pompiers
4 – rébus
5 – fête hivernale
6 – le notaire en a une
7 – musée connu
8 – prénom
9 – nécessaire à l'enquête
10 – perdue dans l'océan
11 – antonyme de jour

Notes et citations

Notes et citations

Notes et citations

Notes et citations

Notes et citations

Notes et citations

Les classiques et les contemporains dans la même collection

ALAIN-FOURNIER
Le Grand Meaulnes

ANDERSEN
La Petite Fille et les allumettes et autres contes

ANOUILH
La Grotte

APULÉE
Amour et Psyché

ASIMOV
Le Club des Veufs noirs

AUCASSIN ET NICOLETTE

BALZAC
Le Bal de Sceaux
Le Chef-d'œuvre inconnu
Le Colonel Chabert
Ferragus
Le Père Goriot
La Vendetta

BARBEY D'AUREVILLY
Les Diaboliques – Le Rideau cramoisi, Le Bonheur dans le crime

BARRIE
Peter Pan

BAUDELAIRE
Les Fleurs du mal – *Nouvelle édition*

BAUM (L. FRANK)
Le Magicien d'Oz

BEAUMARCHAIS
Le Mariage de Figaro

BELLAY (DU)
Les Regrets

LA BELLE ET LA BÊTE ET AUTRES CONTES

BERBEROVA
L'Accompagnatrice

BERNARDIN DE SAINT-PIERRE
Paul et Virginie

LA BIBLE
Histoire d'Abraham
Histoire de Moïse

BOVE
Le Crime d'une nuit. Le Retour de l'enfant

BRADBURY
L'Homme brûlant et autres nouvelles

CARRIÈRE (JEAN-CLAUDE)
La Controverse de Valladolid

CARROLL
Alice au pays des merveilles

CERVANTÈS
Don Quichotte

CHAMISSO
L'Étrange Histoire de Peter Schlemihl

LA CHANSON DE ROLAND

CATHRINE (ARNAUD)
Les Yeux secs

CHATEAUBRIAND
Mémoires d'outre-tombe

CHEDID (ANDRÉE)
L'Enfant des manèges et autres nouvelles
Le Message
Le Sixième Jour

CHRÉTIEN DE TROYES
Lancelot ou le Chevalier de la charrette
Perceval ou le Conte du graal
Yvain ou le Chevalier au lion

CLAUDEL (PHILIPPE)
Les Confidents et autres nouvelles

COLETTE
Le Blé en herbe

COLIN (FABRICE)
Projet oXatan

COLLODI
Pinocchio

CORNEILLE
Le Cid – *Nouvelle édition*

DAUDET
Aventures prodigieuses de Tartarin de Tarascon
Lettres de mon moulin

DEFOE
Robinson Crusoé

DIDEROT
Entretien d'un père avec ses enfants

Jacques le Fataliste
Le Neveu de Rameau
Supplément au Voyage de Bougainville

DOYLE
Trois Aventures de Sherlock Holmes

DUMAS
Le Comte de Monte-Cristo
Pauline
Robin des Bois
Les Trois Mousquetaires, t. 1 et 2

FABLIAUX DU MOYEN ÂGE

LA FARCE DE MAÎTRE PATHELIN

LA FARCE DU CUVIER ET AUTRES FARCES DU MOYEN ÂGE

FENWICK (JEAN-NOËL)
Les Palmes de M. Schutz

FERNEY (ALICE)
Grâce et Dénuement

FEYDEAU
Un fil à la patte

FEYDEAU-LABICHE
Deux courtes pièces autour du mariage

FLAUBERT
La Légende de saint Julien l'Hospitalier
Un cœur simple

GARCIN (CHRISTIAN)
Vies volées

GAUTIER
Le Capitaine Fracasse
La Morte amoureuse. La Cafetière et autres nouvelles

GOGOL
Le Nez. Le Manteau

GRAFFIGNY (MME DE)
Lettres d'une péruvienne

GRIMM
Le Petit Chaperon rouge et autres contes

GRUMBERG (JEAN-CLAUDE)
L'Atelier
Zone libre

HIGGINS (COLIN)
Harold et Maude – *Adaptation de Jean-Claude Carrière*

HOBB (ROBIN)
Retour au pays

HOFFMANN
L'Enfant étranger
L'Homme au Sable
Le Violon de Crémone. Les Mines de Falun

HOLDER (ÉRIC)
Mademoiselle Chambon

HOMÈRE
Les Aventures extraordinaires d'Ulysse
L'Iliade
L'Odyssée

HUGO
Claude Gueux
L'Intervention *suivie de* La Grand'mère
Le Dernier Jour d'un condamné
Les Misérables – *Nouvelle édition*
Notre-Dame de Paris
Quatrevingt-treize
Le roi s'amuse
Ruy Blas

JAMES
Le Tour d'écrou

JARRY
Ubu Roi

JONQUET (THIERRY)
La Vigie

KAFKA
La Métamorphose

KAPUŚCIŃSKI
Autoportrait d'un reporter

KRESSMANN TAYLOR
Inconnu à cette adresse

LABICHE
Un chapeau de paille d'Italie

LA BRUYÈRE
Les Caractères

LEBLANC
L'Aiguille creuse

LONDON (JACK)
L'Appel de la forêt

MME DE LAFAYETTE
La Princesse de Clèves

LA FONTAINE
Le Corbeau et le Renard et autres fables – *Nouvelle édition des* Fables, *collège*
Fables, *lycée*

LANGELAAN (GEORGE)
La Mouche. Temps mort

LAROUI (FOUAD)
L'Oued et le Consul et autres nouvelles

LE FANU (SHERIDAN)
Carmilla

LEROUX
Le Mystère de la Chambre Jaune
Le Parfum de la dame en noir

LOTI
Le Roman d'un enfant

MARIVAUX
La Double Inconstance
L'Île des esclaves
Le Jeu de l'amour et du hasard

MATHESON (RICHARD)
Au bord du précipice et autres nouvelles
Enfer sur mesure et autres nouvelles

MAUPASSANT
Bel-Ami
Boule de suif
Le Horla et autres contes fantastiques
Le Papa de Simon et autres nouvelles
La Parure et autres scènes de la vie parisienne
Toine et autres contes normands
Une partie de campagne et autres nouvelles au bord de l'eau

MÉRIMÉE
Carmen
Mateo Falcone. Tamango
La Vénus d'Ille – *Nouvelle édition*

MIANO (LÉONORA)
Afropean Soul et autres nouvelles

LES MILLE ET UNE NUITS
Ali Baba et les quarante voleurs
Le Pêcheur et le Génie. Histoire de Ganem
Sindbad le marin

MOLIÈRE
L'Amour médecin. Le Sicilien ou l'Amour peintre
L'Avare – *Nouvelle édition*
Le Bourgeois gentilhomme – *Nouvelle édition*
Dom Juan
L'École des femmes
Les Femmes savantes
Les Fourberies de Scapin – *Nouvelle édition*
George Dandin
Le Malade imaginaire – *Nouvelle édition*
Le Médecin malgré lui
Le Médecin volant. La Jalousie du Barbouillé
Le Misanthrope
Les Précieuses ridicules
Le Tartuffe

MONTAIGNE
Essais

MONTESQUIEU
Lettres persanes

MUSSET
Il faut qu'une porte soit ouverte ou fermée. Un caprice
On ne badine pas avec l'amour

OVIDE
Les Métamorphoses

PASCAL
Pensées

PERRAULT
Contes – *Nouvelle édition*

PIRANDELLO
Donna Mimma et autres nouvelles
Six Personnages en quête d'auteur

POE
Le Chat noir et autres contes fantastiques
Double Assassinat dans la rue Morgue. La Lettre volée

POUCHKINE
La Dame de pique et autres nouvelles

PRÉVOST
Manon Lescaut

PROUST
Combray

RABELAIS
Gargantua
Pantagruel

RACINE
Phèdre
Andromaque

RADIGUET
Le Diable au corps

RÉCITS DE VOYAGE
Le Nouveau Monde (Jean de Léry)
Les Merveilles de l'Orient (Marco Polo)

RENARD
Poil de Carotte

RIMBAUD
Poésies

ROBERT DE BORON
Merlin

ROMAINS
L'Enfant de bonne volonté

LE ROMAN DE RENART – *Nouvelle édition*

ROSTAND
Cyrano de Bergerac

ROUSSEAU
Les Confessions

SALM (CONSTANCE DE)
Vingt-quatre heures d'une femme sensible

SAND
Les Ailes de courage
Le Géant Yéous

SAUMONT (ANNIE)
Aldo, mon ami et autres nouvelles
La guerre est déclarée et autres nouvelles

SCHNITZLER
Mademoiselle Else

SÉVIGNÉ (MME DE)
Lettres

SHAKESPEARE
Macbeth
Roméo et Juliette

SHELLEY (MARY)
Frankenstein

STENDHAL
L'Abbesse de Castro
Vanina Vanini. Le Coffre et le Revenant

STEVENSON
Le Cas étrange du Dr Jekyll et de M. Hyde
L'Île au trésor

STOKER
Dracula

SWIFT
Voyage à Lilliput

TCHÉKHOV
La Mouette
Une demande en mariage et autres pièces en un acte

TITE-LIVE
La Fondation de Rome

TOURGUÉNIEV
Premier Amour

TRISTAN ET ISEUT

TROYAT (HENRI)
Aliocha

VALLÈS
L'Enfant

VERLAINE
Fêtes galantes, Romances sans paroles *précédé de* Poèmes saturniens

VERNE
Le Tour du monde en 80 jours
Un hivernage dans les glaces

VILLIERS DE L'ISLE-ADAM
Véra et autres nouvelles fantastiques

VIRGILE
L'Énéide

VOLTAIRE
Candide – *Nouvelle édition*
L'Ingénu
Jeannot et Colin. Le monde comme il va
Micromégas
Zadig – *Nouvelle édition*

WESTLAKE (DONALD)
Le Couperet

WILDE
Le Fantôme de Canterville et autres nouvelles

ZOLA
Comment on meurt
Germinal
Jacques Damour
Thérèse Raquin

ZWEIG
Le Joueur d'échecs

Les anthologies dans la même collection

AU NOM DE LA LIBERTÉ
Poèmes de la Résistance

L'AUTOBIOGRAPHIE
BAROQUE ET CLASSICISME
LA BIOGRAPHIE
BROUILLONS D'ÉCRIVAINS
Du manuscrit à l'œuvre

« C'EST À CE PRIX QUE VOUS MANGEZ DU SUCRE... » Les discours sur l'esclavage d'Aristote à Césaire

CETTE PART DE RÊVE QUE CHACUN PORTE EN SOI

CEUX DE VERDUN
Les écrivains et la Grande Guerre

LES CHEVALIERS DU MOYEN ÂGE
CONTES DE SORCIÈRES

CONTES DE VAMPIRES

LE CRIME N'EST JAMAIS PARFAIT
Nouvelles policières 1

DE L'ÉDUCATION
Apprendre et transmettre de Rabelais à Pennac

LE DÉTOUR

FAIRE VOIR : QUOI, COMMENT, POUR QUOI ?

FÉES, OGRES ET LUTINS
Contes merveilleux 2

LA FÊTE
GÉNÉRATION(S)

LES GRANDES HEURES DE ROME
L'HUMANISME ET LA RENAISSANCE
IL ÉTAIT UNE FOIS
Contes merveilleux 1

LES LUMIÈRES
LES MÉTAMORPHOSES D'ULYSSE
Réécritures de L'*Odyssée*

MONSTRES ET CHIMÈRES
MYTHES ET DIEUX DE L'OLYMPE
NOIRE SÉRIE...
Nouvelles policières 2

NOUVELLES DE FANTASY 1

NOUVELLES FANTASTIQUES 1
Comment Wang-Fô fut sauvé et autres récits

NOUVELLES FANTASTIQUES 2
Je suis d'ailleurs et autres récits

ON N'EST PAS SÉRIEUX QUAND ON A QUINZE ANS Adolescence et littérature

PAROLES DE LA SHOAH
PAROLES, ÉCHANGES, CONVERSATIONS ET RÉVOLUTION NUMÉRIQUE
LA PEINE DE MORT
De Voltaire à Badinter

POÈMES DE LA RENAISSANCE
POÉSIE ET LYRISME
LE PORTRAIT
RACONTER, SÉDUIRE, CONVAINCRE
Lettres des XVIIe et XVIIIe siècles

RÉALISME ET NATURALISME
RÉCITS POUR AUJOURD'HUI
17 fables et apologues contemporains

RIRE : POUR QUOI FAIRE ?

RISQUE ET PROGRÈS
ROBINSONNADES
De Defoe à Tournier

LE ROMANTISME
SCÈNES DE LA VIE CONJUGALE
Le couple au théâtre, de Shakespeare à Yasmina Reza

LE SURRÉALISME
LA TÉLÉ NOUS REND FOUS !

LES TEXTES FONDATEURS
TROIS CONTES PHILOSOPHIQUES
Diderot, Saint-Lambert, Voltaire

TROIS NOUVELLES NATURALISTES
Huysmans, Maupassant, Zola

VIVRE AU TEMPS DES ROMAINS
VOYAGES EN BOHÈME
Baudelaire, Rimbaud, Verlaine

Création maquette intérieure :
Sarbacane Design.

Composition : IGS-CP.
N° d'édition : L.01EHRN000475.C002
Dépot légal : septembre 2015
Imprimé en Espagne par Novoprint (Barcelone)

Le crime n'est jamais parfait